Viel Lärm um Peter

AF347842

Jean Webster

Writat

Diese Ausgabe erschien im Jahr 2024

ISBN: 9789359943251

Herausgegeben von
Writat
E-Mail: info@writat.com

Nach unseren Informationen ist dieses Buch gemeinfrei.
Dieses Buch ist eine Reproduktion eines wichtigen historischen Werkes. Alpha
Editions verwendet die beste Technologie, um historische Werke in der gleichen
Weise zu reproduzieren, wie sie erstmals veröffentlicht wurden, um ihre
ursprüngliche Natur zu bewahren. Alle sichtbaren Markierungen oder Zahlen
wurden absichtlich belassen, um ihre wahre Form zu bewahren.

Inhalt

ICH GERVIE ZAME, GERVIE TÜR ....- 1 -

II DAS RÜSCHENKLEID ....- 12 -

III IHRE UNSCHULDIGEN ABWEICHUNGEN ....- 21 -

IV WÜRDE UND DER ELEFANT ....- 30 -

V DER AUFSTIEG VON VITTORIO ....- 43 -

VI FÜR LÖSE GEHALTEN ....- 53 -

VII GEORGE WASHINGTONS ZWEITSTUDIE ....- 69 -

VIII. A. USURPIERTES VORREROGATIV ....- 82 -

IX FRAU. Carter als Schicksal ....- 96 -

XA PARABEL FÜR EHEMANNE ....- 111 -

Ich
GERVIE ZAME, GERVIE DOOR

Peter und Billy, die beiden Oberknechte in Willowbrook, polierten während der Arbeit die Seiten des großen Panzer-Phaetons mit Gamsledergummis und pfiffen, jeder eine andere Melodie. Sie waren so sehr in diese musikalische Kontroverse vertieft, dass sie Mrs. Carters Annäherung erst bemerkten, als ihr Schatten den Eingang zum Kutschenhaus verdunkelte. Sie raffte ihre Röcke mit beiden Händen zusammen und trat vorsichtig ein. Peter hatte mit großzügiger Hand Wasser herumgeschüttelt, und der Boden des Kutschenhauses war feucht.

„Wo ist Joe?" sie erkundigte sich.

„Er ist draußen auf dem Laufsteg, Ma'am, und springt auf Blue Gipsy. Soll ich ihn anrufen, Ma'am?" Billy antwortete, da die Frage anscheinend an ihn gerichtet war.

„Egal", sagte Mrs. Carter, „einer von Ihnen wird es auch tun."

Sie ging so nah wie möglich auf den Fersen in den Raum. Es war so etwas wie eine Leistung; Mrs. Carter war nicht mehr so leichtgewichtig wie vor fünfundzwanzig Jahren. Peter folgte ihren Bewegungen mit einem Anflug spekulativen Staunens im Blick; Sollte sie ausrutschen, wäre das eine unwürdige Zurschaustellung. Unter seinem respektvollen Blick lag sogar ein Hauch von Hoffnung.

„Warum verwendest du so viel Wasser, Peter? Ist es notwendig, den Boden so nass zu machen?"

„Es läuft weg, Ma'am."

„Es ist sehr unangenehm, hineinzugehen."

Peter zwinkerte Billy mit seinem falschen Auge zu und stand stramm, bis sie mit der Untersuchung des frisch gewaschenen Phætons fertig sein sollte.

„Die Kissen sind tropfnass", stellte sie fest.

„Ich habe sie absichtlich gewaschen, Ma'am. Sie waren dick mit Schlamm bespritzt."

„Es besteht die Gefahr, dass das Leder beschädigt wird, wenn man zu viel Wasser aufträgt."

Sie wandte sich einer Inspektion des restlichen Raums zu, schnüffelte zweifelnd in der Ecke, in der das Geschirr gefettet wurde, und hob ihre Röcke ein wenig höher.

„Es ist ekelhaft dreckig", kommentierte sie, „aber ich nehme an, man kann nichts dagegen tun."

„Achsfett *ist* irgendwie schwarz", stimmte Peter gnädig zu.

„Nun", fuhr sie fort und kehrte mit einem Anschein von Widerwillen zu ihrer Besorgung zurück, „ich möchte, dass du, William – oder auch Peter, egal welcher – heute Abend ins Dorf fährst, um den Zug um acht Uhr fünfzehn abzuholen „Ich erwarte ein neues Dienstmädchen und bringe ihren Koffer um 18 Uhr mit." „Seien Sie unbedingt pünktlich, denn sie wird nicht wissen, was sie tun soll."

„Ja, Ma'am", sagten Peter und Billy im Chor.

Schweigend beobachteten sie ihren allmählichen Rückzug ins Haus. Sie blieb ein- oder zweimal stehen, um einen gestutzten Strauch oder ein frisch gespatetes Blumenbeet kritisch zu begutachten, verlor aber schließlich das Hörvermögen. Billy stieß ein beredtes Grunzen aus; während Peter mit beiden Händen seine Hose hochzog und auf seinen Fersen einen Rundgang durch den Raum begann.

„William", quiekte er mit hohem Falsett, „Sie haben auf diesem Boden viel mehr Wasser verschüttet, als nötig war. Sie sollten vorsichtiger sein, es würde die Dielen verziehen."

„Ja, Ma'am", sagte Billy grinsend.

„Meine Güte! Was ist das für ein schreckliches Zeug in dieser Kiste?" Er schnupperte vorsichtig am Geschirrfett. „Wie oft muss ich dir sagen, William, dass ich so etwas nicht an *meinen* Geschirren haben möchte? Ich möchte, dass sie in schöner, sauberer Seife und Wasser gewaschen werden, mit einem kleinen Schuss *Ee-oo-dee Cologne* ."

Billy applaudierte anerkennend.

„Und jetzt, Peter", fuhr Peter fort und wandte sich an ein imaginäres Ich, „ich erwarte heute Abend ein neues Dienstmädchen – ein hübsches kleines französisches Dienstmädchen, genau wie Annette. Ich bin sicher, dass sie dich mehr mögen wird als alle anderen." die anderen Männer, also wünsche ich dir, dass du sie um Viertel nach acht triffst. Sei pünktlich, denn das arme kleine Ding weiß nicht, was es tun soll.

„Nein, das tust du nicht", unterbrach Billy. „Sie sagte mir, ich solle sie treffen."

„Das hat sie auch nicht“, sagte Peter und nahm schnell wieder seine ursprüngliche Gestalt an. „Sie sagte, einer von uns, was immer am bequemsten sei, und ich muss sowieso in die Stadt, um etwas für Miss Ethel zu erledigen.“

„Sie hat mich gesagt“, behauptete Billy, „und ich werde es tun.“

„Ach, bist du?“ spottete Peter. „Dann gehst du. Ich nehme Trixy mit.“

„Hey, Joe“, rief Billy, als man die Schritte des Kutschers entlang des Stalls hörte, „Mrs. Carter kam hier raus und sagte, ich solle heute Abend ein neues Dienstmädchen kennenlernen, und Pete sagt, er geht.“ „Kommen Sie einfach vorbei und sagen Sie ihm, er solle etwas dagegen tun.“

Joe erschien in der Tür, mit einer Mütze auf dem Kopf und einer kurzen Bulldoggenpfeife im Mund. Es war streng gegen die Regeln, in den Ställen zu rauchen, aber Joe war schon so lange Autokrat, dass er seine eigenen Regeln aufstellte. Er konnte sich selbst vertrauen – aber wehe dem Stallknecht, der in seinem Reich auch nur ein Sicherheitsstreichholz zerkratzte.

„Ein neues Dienstmädchen, oder?“ erkundigte er sich, während sich langsam ein verständnisvolles Grinsen auf seinem gutmütigen, rubinroten Gesicht ausbreitete. „Ich nehme an, du denkst, dass du bald an der Reihe bist, hey, Billy?“

„Mir sind neue Dienstmädchen egal“, sagte Billy schmollend, „aber Mrs. Carter hat mich gesagt.“

„Du bist plötzlich sehr wählerisch, wenn es darum geht, Befehlen zu gehorchen“, sagte Joe. „Es ist mir egal, wer von euch das neue Dienstmädchen holt“, fügte er hinzu. „Ich nehme an, wenn Pete will, hat er das erste Wort.“

Die Carter-Ställe wurden von einer Hierarchie mit Joe an der Spitze regiert, wobei die Rangfolge auf einer Kombination von Dienstalter und Verdienst beruhte. Joe hatte zwölf Jahre lang regiert. Er hatte diese Position so lange inne, dass er heimtückisch an das göttliche Recht der Kutscher glaubte. Nur eine Revolution hätte ihn gegen seinen Willen vertreiben können; In etwa einem Jahr wollte er jedoch abdanken, um einen eigenen Pferdestall zu eröffnen. Das Geld wartete schon jetzt auf der Bank. Peter, der vor zehn Jahren als Stallbursche angefangen hatte, war der mutmaßliche Erbe des Ortes, und der Schatten seiner zukünftigen Größe lag bereits auf ihm. Billy, der nur ein paar magere Monate in Willowbrook gedient hatte, war sich nicht bewusst, dass die höchsten Auszeichnungen erst nach einem schmerzhaften Noviziat erlangt werden. Er sah keinen Grund, warum er nicht noch ein weiteres Jahr Kutscher sein sollte, genauso wie Peter; Tatsächlich sah er mehrere Gründe, warum er das tun sollte. Er fuhr auch, er sah besser aus – sagte er sich – und er war unendlich größer. Nach Billys einfachem Verständnis ist es die Quantität, nicht die Qualität, die den Mann ausmacht. Er ärgerte sich über Peters Annahme der Überlegenheit, und er hatte vor, Peter diese zu nehmen, wenn sich die Gelegenheit dazu bot.

„Das Abholen des neuen Dienstmädchens ist mir genauso wichtig wie Billy", warf Peter nach einer längeren Pause lässig ab, „nur muss ich für Miss Ethel eine Notiz zu den Feiertagen machen, und das würde ich einfach tun." Wenn ich am Bahnhof anhalte, wird es mir nicht viel aus dem Weg gehen.

„In Ordnung", sagte Joe. „Passen Sie zu sich."

Peter lächelte leicht, als er sich wieder an die Arbeit machte und leise ein Lied summte, das für Billy besonders ärgerlich war. „ *Je vous target, je vous adore* ", hieß es. Peter trällerte es: „ *Gervie zame, gervie door* ", aber es erfüllte seinen Zweck genauso gut, als wäre es mit dem besten Pariser Akzent ausgesprochen worden.

Die letzte Magd – diejenige, die vier Tage zuvor abgereist war – war Französin gewesen, und während ihrer dreiwöchigen Herrschaft in Willowbrook hatte sie jedes ungebundene männliche Herz auf dem Gelände bis in seine Grundfesten aufgerüttelt. Sogar Simpkins, der ältere englische Butler, hatte sich gebeugt und lächelte albern, als sie ihm beim Durchqueren des Flurs kokett einen Schlag unters Kinn verpasste. Mary, das Zimmermädchen, war Zeuge dieses zarten Übergangs gewesen, und die Würde des armen Simpkins stand seitdem auf wackeligem Boden. Aber Annettes Charme hatte mehr erobert als Simpkins. Tom, der Gärtner, hatte die gesamten drei Wochen ihres Aufenthalts damit verbracht, sich um die Sträucher zu kümmern, die in der Nähe des Hauses wuchsen; während die Stallknechts sich offen niedergeworfen hatten – mit Ausnahme von Joe, der verheiratet war und sich nicht für gallische Verlockungen öffnete. Es war jedoch von Anfang an klar, dass Peter und Billy die Favoriten waren. Zwei Wochen lang war das Rennen zwischen ihnen ausgeglichen gewesen, und dann hatte Peter langsam, aber spürbar die Nase vorn.

Eines Morgens war er mit einem neuen Lied auf den Lippen von einer Besorgung ins Haus zurückgekehrt. Es war in französischer Sprache. Er sang es mehrmals mit eindringlicher und zärtlicher Betonung durch. Billy schwieg stolz, solange es die Neugier erlaubte; schließlich erkundigte er sich schroff:

„Was gibst du uns?"

„Es ist ein Lied", sagte Peter bescheiden. „Annette hat es mir beigebracht", und er summte es noch einmal.

"Was bedeutet das?"

Peters Darstellung war kostenlos.

„Es bedeutet", sagte er, „ich liebe niemanden außer dich, mein Lieber."

Diese Episode war der Beginn einer angespannten Beziehung zwischen den beiden. Es ist nicht abzusehen, wie weit ihre Differenzen gegangen wären, wenn der Brandstifter nicht plötzlich beseitigt worden wäre.

Porte-Cochère darauf warten, dass Mrs. Carter ihren täglichen Weg ins Dorf antrat, aber anstelle von Mrs. Carter war schließlich Annette seine Passagierin, die mit aufgetürmten Habseligkeiten zum Bahnhof gefesselt war ihr. Joe hatte selbst eine Frau, und es ging ihn nichts an, was mit Annette geschah, aber er hatte die Zeichen des Wetters bei seinen Untergebenen beobachtet und war deshalb daran interessiert, den Grund dieser Angelegenheit zu erfahren. Annette hingegen war – für eine Französin – unauffällig. Alles, was Joe als Gegenleistung für seine mitfühlenden Fragen (sie waren mitfühlend; Joe war ein Mensch, auch wenn er verheiratet war) einsammelte, war eine Reihe empörter Schnüffler und die Behauptung, dass sie gehen würde, weil sie gehen wollte. Sie würde an einem solchen Ort nicht mehr arbeiten; Mrs. Carter war eine alte Katze und Miss Ethel eine junge. Sie beendete ihre Rede mit einigen idiomatischen französischen Worten, deren Kontext Joe nicht verstand.

Billy nahm die Nachricht von der Abreise mit ungekünstelter Freude auf, Peter mit Philosophie. Schließlich hatte Annette nur drei Wochen Zeit gehabt, ihre Arbeit zu verrichten, und drei Wochen waren zu kurz, als dass selbst die bezauberndste französische Zofe einen tiefen Eindruck auf Peters umherschweifende Fantasie machen konnte. Vier Tage waren vergangen und seine Wunde war fast verheilt. Er konnte sich wieder aufsetzen und umsehen, als Mrs. Carter das Treffen mit der zweiten Zofe anordnete. Normalerweise wären die Stallburschen nicht so erpicht darauf gewesen, eine nicht zugeteilte Aufgabe zu erhalten, aber die Erinnerung an Annette nagte noch immer, und sie waren der Meinung, dass die lange Fahrt vom Bahnhof eine goldene Gelegenheit war, die Zuneigung der Neuankömmling zu gewinnen.

Die Stallknechts aßen nicht mit den Hausangestellten; Joes Frau besorgte ihre Mahlzeiten im Kutscherhaus. An diesem Abend aß Peter in sichtlicher Eile sein Abendessen. Er hatte eine wichtige Verabredung, erklärte er mit einem bedeutungsvollen Blick auf Billy. Zwischen den Bissen nahm er sich jedoch Zeit, um darauf hinzuweisen, dass es eine wunderschöne Mondnacht werden würde, einfach eine „gute" Zeit für eine Autofahrt.

Eine Stunde später, nachdem Billy Trixy unter Joes Anleitung einigermaßen mürrisch an das Bockbrett gehängt hatte, stolzierte Peter herein mit rosaweißem, frisch rasiertem Gesicht, das nach Bay-Rum und dem Friseursalon roch, mit glänzendem Zylinder und Stiefeln und makellos weißen Hosen. Er sah so makellos aus wie ein Bräutigam, wie man ihn im Umkreis von hundert Meilen um New York finden kann. Er nahm unbeschwert seinen Platz ein, wedelte mit der Peitsche in Richtung Billy und Joe und grinste Trixy zum Abschied.

Später am Abend saßen die Männer in einem Lorbeerbüschel an einer Seite des Kutschenhauses, wo eine Hängematte und mehrere abgenutzte Verandastühle für die Stallarbeiter aus dem Haus gewandert waren. Simpkins, der sich gelegentlich so weit öffnete, dass er sich ihnen anschloss, war heute Abend bei der Gesellschaft und hörte die Geschichte von Peters jüngster Perfidie. Simpkins konnte mit Billy sympathisieren; seine eigenen Gefühle waren in der Angelegenheit Annette auf traurige Weise verletzt worden. Joe lehnte sich zurück und rauchte gemütlich, wobei er seine Stimme gelegentlich einem Grunzen anpasste. Die Differenzen der Bräutigame waren für ihn nichts, aber sie erfüllten ihren Zweck als Unterhaltung.

Plötzlich war das Rollen von Rädern auf dem Kies zu hören, und alle strebten mit wachem Interesse vorwärts. Die Auffahrt, die zur Hintertür führte, schlängelte sich weit an den Lorbeerbäumen vorbei, und es war – wie Peter bemerkt hatte – eine helle Mondnacht. Der Karren kam in Sicht und rollte schnell, Peter starrte steif wie ein Ladestock geradeaus, während neben ihm eine muskulöse Negerin saß, die doppelt so groß war wie er, mit rollenden schwarzen Augen und strahlend weißen Zähnen. Eine Explosion ertönte aus den Lorbeerbäumen, und Peter, der wusste, was das bedeutete, versetzte Trixy einen heftigen Schlag.

Er ließ seine Beifahrerbox mit einem dumpfen Knall auf die hintere Veranda fallen und fuhr weiter zu den Ställen, wo er die arme, geduldige kleine Trixy auf höchst unsympathische Weise abkoppelte. Billy schlenderte herein, während er noch mit ihrem Geschirr beschäftigt war. Peter tat so, als würde er ihn nicht bemerken. Billy begann zu summen: *„Je vous target, je vous adore .“* Er war kein französischer Gelehrter; er hatte nicht die Vorteile von Peter gehabt, aber die Melodie allein war schon hinreichend suggestiv.

„Ach, trockne dich“, sagte Peter.

„Angenehme Mondnacht“, sagte Billy.

Peter warf das Geschirr mit einer heftigen Drehung an den Haken, wobei der größte Teil davon auf dem Boden landete, und stapfte die Treppe hinauf zu seinem Zimmer über dem Kutschenhaus.

Für die nächsten Tage wurde Peters Leben zur Belastung. Billy und Joe und Simpkins und Tom, sogar die gutmütige Nora in der Küche, trafen ihn nie ohne versteckte Anspielungen auf die Affäre. Der Gärtner von Jasper Place, nebenan, rief eines Morgens über die Hecke und fragte, ob sie nicht ein neues Dienstmädchen in ihrem Haus hätten. Am dritten Tag nach der Ankunft fand die Sache ihren logischen Abschluss.

„Hey, Pete", rief Billy ihm auf dem Dachboden zu, wo er gerade Heu für die Pferde aufstellte. „Komm schnell hierher, da ist jemand, der dich sehen möchte."

Peter kletterte erwartungsvoll herunter und sah sich den drei grinsenden Gesichtern von Billy, Tom und David McKenna, dem Gärtner von Jasper Place, gegenüber.

„Es war Miss Johnsing", sagte Billy. „Sie hatte es eilig und sagte, sie könne es kaum erwarten, aber sie möchte, dass du sie auf der Hintertreppe triffst. Sie möchte dir ein neues Lied beibringen."

Peter zog seinen Mantel aus und suchte bei Billy nach einer Schwäche, mit der er anfangen könnte. Billy zog seinen Mantel aus und nahm die Herausforderung an, während David, der in seiner Liebe zum Krieg ein echter Schotte war, erfreut vorschlug, dass sie sich an einen abgelegeneren Ort zurückziehen sollten. Die vier marschierten schweigend zu einer Weidengruppe auf der unteren Weide, Peter marschierte grimmig voraus.

Billy war ein riesiger, lockerer Kerl, der aussah, als hätte er den kleinen Peter hochheben und ihm wie einen Sack Mehl über die Schulter hängen können. Peter war schlank und drahtig und schnell. Ursprünglich hatte er vorgehabt, Jockey zu werden, aber obwohl er Kartoffeln und andere Dickmacher strikt gemieden hatte, hatte er sich immer mehr davon distanziert. Als er schließlich einhundertsechsundsechzig Pfund wog, gab er seinen Ehrgeiz für immer auf. Diese einhundertsechsundsechzig Pfund waren jedoch so schön verteilt, dass der zufällige Beobachter ihre Anwesenheit nie erraten hätte, und so mancher gewichtigere Mann hatte zu seinem Bedauern festgestellt, dass Peter nicht zu der Klasse gehörte, nach der er aussah.

Die Feindseligkeiten begannen mit Billys gutmütiger Bemerkung: „Ich möchte dir nicht wehtun, Petey. Ich möchte dir nur Manieren beibringen."

Zehn Minuten später hatte Peter ihm Manieren beigebracht und schritt über die Felder, um seine überschüssige Energie abzubauen, während Billy, dessen rotes Gesicht eine lebhaftere Färbung angenommen hatte, an der Tränke ein schnell anschwellendes Auge tröstete.

Es war das letzte Mal, dass Peter von der Magd hörte, abgesehen von einem milden Vortrag von Joe. „Sehen Sie, Pete", wurde er bei seiner Rückkehr begrüßt, „ich muss verstehen, dass Sie um Ihre Geliebte gekämpft haben. Ich möchte nur, dass Sie sich an eines erinnern, junger Mann, und das ist, dass ich." Sie werden sich während der Geschäftszeiten nicht um diese Räumlichkeiten streiten müssen. Sie haben Billy für den Tag freigelassen und können jetzt seine Arbeit erledigen.

Drei Wochen gingen „Miss Johnsing" über den Kopf, und dann ging auch sie. Es stellte sich heraus, dass ein Ehemann von einem Urlaub auf „der Insel" zurückgekehrt war und sich wieder in das Familienleben einleben wollte. In Willowbrook verging eine Woche ohne Stubenmädchen, und dann, eines Tages, als Peter von der unteren Wiese zurückkam, wo er versucht hatte, ein widerstrebendes Fohlen dazu zu bringen, seinen Kopf ins Halfter zu stecken, wurde er von Joe mit folgenden Worten begrüßt:

„Sagen Sie, Pete, Mrs. Carter hat Ihnen sagen lassen, dass Sie heute Abend zum Bahnhof gehen und ein neues Dienstmädchen holen sollen."

„Ach, mach weiter", sagte Peter.

„Das ist klar."

„Wenn ein neues Dienstmädchen kommt, kann Billy sie holen. Ich bin nicht an Dienstmädchen interessiert."

„Das sind Befehle", sagte Joe. „‚Sagen Sie Peter', sagt sie, ‚dass er mit dem Wagen reinfahren und den Zug um Viertel nach acht aus der Stadt abholen soll. Ich erwarte ein neues Dienstmädchen', sagt sie, vergisst aber zu erwähnen, welche Farbe sie hat Ich hatte erwartet, dass sie es ist.

Peter grunzte als Antwort, und Joe lachte hörbar, als er seine Hose hochzog und zu seinem eigenen Haus rollte, um seiner Frau den Witz zu erzählen. Beim Abendessen an diesem Abend wurde das Thema heimlich angesprochen und verschiedene Spekulationen über die Hautfarbe, Nationalität und mögliche Größe des Neuankömmlings angestellt. Peter bekundete nachdrücklich seine Absicht, sich der Schuldstation nicht zu nähern. Als jedoch die Zugstunde näher rückte, waren die Ställe auffallend leer, und ihm blieb nichts anderes übrig, als seine Behauptung hinzunehmen und das Dienstmädchen zu treffen.

Als er den Hügel hinunter zum Bahnhof fuhr, sah er, dass der Zug um Viertel nach acht bereits einfuhr, doch er nahm die Tatsache ohne Emotionen zur Kenntnis. Er würde sich nicht beeilen, um alle Mägde der Schöpfung zu erreichen; Sie konnte einfach warten, bis er dort ankam. Er blieb neben dem Bahnsteig stehen und saß da und musterte die Leute mit leichter Neugier, bis das Dienstmädchen schließlich beschloss, nach ihm zu suchen. Doch sein Puls beschleunigte sich plötzlich, als er eine klare Stimme mit einem bezaubernden Akzent im Akzent hörte, die den Bahnhofsvorsteher fragte:

„Würden Sie mir sagen, wie ich zu Mr. Jerome B. Carter komme?"

„Hier ist jetzt eines der Carter-Bohrgeräte", sagte der Mann.

Das Mädchen drehte sich schnell um und sah Peter an, und alle seine verwirrten Sinne sagten ihm, dass sie hübsch war – hübscher als Annette – hübscher als je zuvor. Ihre Augen waren blau und ihr Haar war schwarz und ihre Farbe war die Farbe, die aus einer Kindheit im Freien in der Grafschaft Cork stammt.

Er sprang hastig von seinem Sitz auf und berührte seinen Hut. „Bitte um Verzeihung, Ma'am, sind Sie das neue Dienstmädchen? Mrs. Carter hat mich geschickt, um Sie abzuholen. Wenn Sie mir Ihren Scheck geben, Ma'am, hole ich Ihren Koffer."

Das Mädchen gab ihren Scheck schweigend ab, ziemlich beschämt über diesen sehr eleganten jungen Bräutigam. Sie hatte in den zwei Jahren ihrer Amerika-Erfahrung als „zweites Mädchen" in einem braunen Steinhaus in einer Seitenstraße gedient, und obwohl sie Männer wie Peter oft von einer Bank an der Parkeinfahrt aus beobachtet hatte, war sie noch nie dazu in der Lage gewesen Das Leben kommt einem so nahe. Während er nach ihrem Koffer suchte, kletterte sie hastig in den Karren und bewegte sich zum äußersten Ende der linken Seite des Sitzes, damit die Erscheinung nicht zurückkehrte und Hilfe anbot. Sie setzte sich ganz steif auf und fragte sich währenddessen mit klopfendem Herzen, ob er reden oder einfach nur geradeaus starren würde, wie sie es im Park taten.

Peter half dem Gepäckträger, ihren Koffer hineinzuheben, und hielt dabei inne, um einen genauen Blick darauf zu werfen. „Mensch, aber Billy wird sich selbst treten wollen!" war sein erfreuter innerer Kommentar, als er neben sie kletterte und die Zügel in seine Hände nahm. Sie fuhren wortlos den Hügel hinauf, aber einmal warf Peter ihr im selben Moment, in dem sie ihn ansah, einen Seitenblick zu, und beide wurden rosa. Das war peinlich, aber beruhigend. Er war also trotz seiner Kleidung nichts weiter als ein Mann, und mit einem Mann wusste sie, wie man umgeht.

Ein Vollmond ging über den Bäumen auf und die Dämmerung ging in die Dämmerung über. Wie Billy beim Abendessen zu Recht festgestellt hatte, war es ein schöner Abend, um sich kennenzulernen. Die vier Meilen zwischen dem Bahnhof und Willowbrook verschwanden in Peters Augen plötzlich zur Bedeutungslosigkeit, und oben auf dem Hügel drehte er Trixys Kopf genau in die falsche Richtung.

„Wenn Sie keine Einwände haben", bemerkte er, „fahren wir den langen Weg am Strand entlang, weil die Straßen besser sind."

Das neue Dienstmädchen hatte keine Einwände, oder zumindest äußerte sie keine, und sie rollten schweigend zwischen den duftenden Hecken entlang. Peter war damit beschäftigt, sich mühsam eine Eröffnungsbemerkung auszudenken, und er fand die Situation überhaupt nicht lächerlich; Aber für das Mädchen, dessen irischer Sinn für Humor außerordentlich entwickelt war, erschien es sehr lustig, allein neben einem lebenden, atmenden Bräutigam mit Zylinder und glänzenden Stiefeln zu reiten, der rot wurde, wenn man ihn ansah.

Plötzlich brach sie in Gelächter aus – ein leises, klares, sprudelndes Lachen, das sich in Peters empfänglichem Herzen festsetzte. Er sah sich einen Moment leicht erschrocken um, und als sein Blick dann ihren traf, lachte auch er. Es klärte sofort die Atmosphäre. Er zog Trixy zu einem Schritt und sah sie an. Seine mühsame Einführungsrede geriet in Vergessenheit; Mit einem Seufzer der Erleichterung kam er zur Sache.

„Ich schätze, wir werden uns mögen – du und ich", sagte er leise.

Der Mond schien und die Weißdornblüten waren süß. Annies Augen blickten ihn eher schüchtern an und ihre Grübchen zitterten direkt unter der Oberfläche. Peter wandte hastig den Blick ab, damit er nicht zu lange hinsah.

„Mein Name ist Peter", sagte er, „Peter Malone. Sagen Sie mir Ihren Namen, damit wir uns bekannt fühlen."

„Annie O'Reilly."

„Annie O'Reilly", wiederholte er. „Das hat den richtigen Schwung. Es ist besser als Annette."

„Annette?" fragte Annie.

Sie hatte erkannt, dass er ein Mann war; er erkannte nun, dass sie eine Frau war und dass Annettes Name besser nicht erwähnt worden wäre.

„Ah, Annette", sagte er nachlässig, „ein Stubenmädchen, das wir vor einiger Zeit hatten; und wir waren sehr froh, sie loszuwerden", fügte er listig hinzu.

"Warum?" fragte Annie.

„Sie war Französin; sie hatte ein Temperament."

„Ich bin Ire; ich habe ein Temperament – seid ihr froh, mich loszuwerden?"

„Oh, und ich bin selbst Ire", lachte Peter mit einem breiteren Akzent als gewöhnlich. „Es sind nicht die irischen Gemüter, die ich fürchte. Die kann ich nicht bewältigen."

Als sie vor den Toren von Willowbrook ankamen – etwa eine halbe Stunde später als vorgesehen, weil Peter spontan am Strand entlang gelaufen war – verlangsamte er Trixy zu einem Spaziergang, damit er seinem Begleiter die interessanten Besonderheiten ihres neuen Zuhauses zeigen konnte . Während sie die Lorbeerkränze überreichten, unterhielten sie sich intensiv, und in der Gegend herrschte tiefes und respektvolles Schweigen.

„Gute Nacht, Mr. Malone", sagte Annie, als er ihren Koffer auf der hinteren Veranda abstellte. „Ich bin euch dankbar, dass ihr mich herausgeholt habt."

„Oh, lass den Mister Malone fallen!" Er grinste. „Ich heiße Peter. Gute Nacht, Annie. Ich hoffe, es gefällt dir. Es ist nicht meine Schuld, wenn du es nicht tust."

Er fasste sich an seinen Hut, schwang sich auf den Sitz und fuhr pfeifend zu den Ställen. Er spannte Trixy aus und gab ihr eine Handvoll Salz. „Also, altes Mädchen, was willst du tun?", fragte er, als sie ihre Nase an seiner Schulter rieb, und er trieb sie mit einem freundlichen Schlag auf den Rücken zu ihrem Stall. Während er ihr Geschirr wegräumte, kam Billy herein, ohne besondere Absichten. Peter nickte ihm nachlässig zu, unterbrach sein Pfeifen mitten in der Bar und begann leise eine bekannte Melodie zu summen. „ *Gervie zame, gervie door* ", war das Lied, das er sang.

II

Das Rüschenkleid

Es war der vierte Juli, und Annie beeilte sich mit ihrer Arbeit, um hinauszugehen und zu feiern. Sie hatte keine besondere Form des Feierns im Sinn, war aber der festen Überzeugung, dass Feiertage, insbesondere der vierte Juli, gefeiert werden sollten; und sie dachte im Kopf über mehrere mögliche Projekte nach, bei denen Peter eine große Rolle spielte. Abgesehen davon, dass es der vierte Juli war, war es Donnerstag, und Donnerstag war Peters freier Nachmittag. Sie stellte das letzte Geschirr mit einem fröhlichen kleinen Gesang weg, während sie durch das Fenster auf die lockende Außenwelt blickte. Es war ein strahlend sonniger Tag mit einer erfrischenden Brise, die vom Meer wehte. Das blaue Wasser der Bucht, das am Fuße der unteren Wiese glitzerte, war übersät mit weißen Segelbooten.

„Willst du noch mehr von mir, Nora?" Sie fragte.

„Nein, geh mit dir, Kind", sagte Nora gutmütig. „Ich werde mich fertig machen", und sie sammelte die Geschirrtücher ein und trug sie in die Wäscherei.

Annie blieb an der Fliegengittertür stehen, die zur hinteren Veranda führte, und betrachtete nachdenklich die Ställe. Sie fragte sich, wie sie Peter am diplomatischsten ansprechen könnte. Ihre Spekulationen wurden plötzlich durch das Erscheinen von Miss Ethel in der Küche unterbrochen, die ein sehr zerzaustes weißes Musselinkleid im Arm trug.

„Annie", sagte sie, „du musst dieses Kleid waschen. Ich habe gestern vergessen, es von Kate machen zu lassen, und ich möchte es heute Abend tragen. Halte es bis fünf Uhr fertig und pass auf die Spitze auf." ."

Sie warf das Kleid über die Rückenlehne eines Stuhls und rannte hinaus ins Freie, um sich einer lachenden Menge junger Leute auf dem Tennisplatz anzuschließen. Annie stand mitten auf dem Boden und beobachtete sie mit schnell in Falten gelegter Stirn.

„Und niemals so viel sagen, bitte!" sie murmelte vor sich hin. Sie ging hinüber und hob das Kleid auf. Es war sehr aufwendig mit Rüschen, Biesen und Spitzeneinsätzen; Das Bügeln erforderte gut zwei Stunden Arbeit. Das Bügeln von Musselinkleidern an einem 4. Juli war nicht Annies Sache. Sie drehte es langsam um und ihre Augen füllten sich mit Tränen – nicht aus Trauer über den verlorenen Nachmittag, sondern aus Wut über die Ungerechtigkeit, an so einem Tag solche Arbeit von ihr zu verlangen.

Dann kam Nora wieder herein. Sie blieb in der Tür stehen, die Arme in die Seite gestemmt, und betrachtete Annie.

„Was hast du da?" sie erkundigte sich.

Dann wurden die Schleusen von Annies Zorn geöffnet und sie erzählte ihre Geschichte.

„Mach dir nichts aus, Annie, Liebling", sagte Nora und versuchte sie zu trösten. „Miss Ethel meinte nichts. Sie war wahrscheinlich in Eile und hat nicht lange nachgedacht."

„Habe ich nicht gedacht! Warum kann sie nicht ein anderes Kleid tragen? Sie hat ein ganzes Zimmer voller Kleider, und sie muss dieses ganz besondere Kleid im Handumdrehen bügeln lassen. Und in drei Tagen kommt Kate." Es ist nicht meine Aufgabe, mich zu waschen – dafür hat mich Mrs. Carter nicht engagiert – es hätte mir nichts ausgemacht, wenn sie mich um einen Gefallen gebeten hätte, aber sie hat es mir einfach befohlen Wenn das Waschen auch für mich am 4. Juli Arbeit wäre, sagte mir eine Frau Carter, ich könnte den Nachmittag frei haben – und all dieser Kram – „habe es bis fünf Uhr erledigt", sagt sie. und geht raus zum Spielen.

Annie warf das Kleid als flauschigen Haufen in die Mitte des Bodens.

„Das werde ich nicht tun! Weder Miss Ethel noch irgendjemand sonst lasse mich so herumkommandieren."

„Ich würde es selbst für dich tun, Annie, aber ich konnte diese Taille nicht mehr bügeln, so ein Känguru. Aber du machst dich einfach an die Arbeit; du bügelst wunderschön und es wird nicht lange dauern, wenn du einmal anfängst ."

„Brauche ich nicht lange? Ich brauche den ganzen Nachmittag, ich werde ewig brauchen. Ich werde es nicht anfassen!"

Annies Blick wanderte wieder ins Freie. Der Sonnenschein schien heller, der Gesang der Vögel lauter und der Blick auf die Bucht verlockender. Und während sie hinschaute, kam Peter aus den Ställen geschlendert – Peter in seiner Stadtkleidung, frisch rasiert, mit einer neuen roten Krawatte und einer Blume im Knopfloch. Er kam in Richtung Küche.

Annies Lippen zitterten und sie trat boshaft gegen das Kleid.

Peter erschien in der Tür. Auch er hatte sich Pläne für die gebührende Feier des Tages ausgedacht, und er wollte sie Annie vorsichtig zur Sprache bringen.

"Was ist los?" erkundigte er sich und blickte von Annies geröteten Wangen zu Noras besorgten Augen.

Annie wiederholte die Geschichte und wurde immer trauriger, je weiter sie über ihr Unrecht nachdachte. „Und bitte sagen Sie nie etwas", schloss sie.

„Das ist nichts – das darf dir nichts ausmachen, Annie. Miss Ethel ist es nicht gewohnt, bitte zu sagen." Peter versuchte tastend, sie zu beruhigen. „Ich erinnere mich an Zeiten, als sie ein kleines Mädchen war, da war sie so frech, dass es mir, Herrgott, in den Fingern juckte, sie zu schütteln! Aber ich wusste, dass sie es nicht so meinte, also fasste ich einfach meinen Hut an und schluckte ihn. Sie ist es gewohnt, Befehle zu erteilen, Annie, und du darfst ihr nichts ausmachen."

„Also, ich bin es nicht gewohnt, solche Befehle entgegenzunehmen, und außerdem werde ich es nicht tun! ‚Mach es bis fünf fertig', sagt sie, und jetzt ist es halb drei. Und all diese Rüschen! Ich hasse Rüschen, und nach der Art, wie sie geredet hat, werde ich sie nicht anfassen. Nicht, wenn sie vor mir auf die Knie fällt, werde ich es nicht tun."

„Ach, Annie", entgegnete Peter, „was nützt es, so viel Aufhebens zu machen? Miss Ethels Herz ist furchtbar gutherzig, wenn sie darüber nachdenkt."

„Gutherzig!" Annie schniefte. „Ich schätze, sie kann es sich leisten, gutherzig zu sein, sich von morgens bis abends bedienen zu lassen und nie etwas zu tun, was sie nicht tun möchte. Ich wünschte, sie müsste einmal bügeln, und sie könnte es einfach." Schau, wie es ihr gefällt.

„Sie hat dir letzte Woche ein brandneues Kleid geschenkt", erinnerte Nora.

„Ja, und warum? Denn als ich ihr Zimmer abstaubte, probierte sie es zufällig an und es passte nicht, und sie warf es auf den Boden und sagte: „Das werde ich nicht." „Trage das Ding! Du kannst es haben, Annie."

„Als du dir mit ihrem Chafing Dish die Hand verbrannt hast, hat sie am meisten geweint, als sie gesehen hat, wie blasig es war, und hat es selbst eingepackt und dir ein paar Sachen in einer silbernen Schachtel mitgebracht, um sie darauf zu legen."

Für einen Moment zeigte Annie Anzeichen von Nachgiebigkeit, aber als ihr Blick wieder auf das Kleid fiel, wurde sie hart. „Sie hat den Alkohol selbst über mich gekippt und es sollte ihr leid tun. Ich wäre bereit, ihr einen Gefallen zu tun, aber ich *lasse mich nicht* herumkommandieren Bügelmaschine. Am 4. Juli sagt mir Mrs. Carter, dass sie von jetzt an genug Kleider hat, bis sie grau ist, und ich rühre sie einfach nicht an!"

„Du wirst was nicht anfassen?" fragte Mrs. Carter, als sie in der Tür erschien. Sie blickte vom wütenden Gesicht des Mädchens zu dem zerknitterten Kleid auf dem Boden. Sie erzählten ihre eigene Geschichte. „Was hat das zu bedeuten, Annie?" sie fragte scharf.

Annie sah mürrisch aus. Sie starrte einen Moment lang auf den Boden, ohne zu antworten, während Peters und Noras Augen ängstlich Mrs. Carters Gesicht absuchten. Schließlich antwortete sie:

„Sie sagten, ich könnte heute Nachmittag ausgehen, Ma'am, und gerade als ich mich fertig machte, kam Miss Ethel herein und sagte, ich solle das Kleid vor fünf Uhr waschen."

„Es tut mir leid wegen Ihres Nachmittags", sagte Mrs. Carter. „Miss Ethel wusste nichts davon, aber Sie könnten stattdessen morgen Nachmittag gehen."

„Ich wollte heute gehen", sagte Annie. „Ich bin bereit, meine Arbeit selbst zu erledigen, Ma'am, aber das ist nicht mein Ort zum Waschen."

Mrs. Carters Mund wurde zu einer geraden Linie.

„Annie, ich erlaube meinen Dienern nie, zu diktieren, was ihre Arbeit ist und was nicht. Wenn ich dich engagiere, erwarte ich, dass du tust, was auch immer von dir verlangt wird. Dies ist ein sehr einfacher Ort; du darfst ausgehen Tolles Geschäft, und Sie haben nur sehr wenig Arbeit zu erledigen. Aber wenn etwas Besonderes außerhalb Ihrer regulären Arbeit anfällt, erwarte ich, dass Sie es bereitwillig tun, und selbstverständlich ist Miss Ethel sehr freundlich zu Ihnen einen Gefallen als Gegenleistung.

„Ich hätte nichts dagegen, es als Gefallen zu tun, aber sie kommt einfach rein und bestellt es, als wäre es mein normaler Waschplatz."

„Und ich bestelle es auch", sagte Mrs. Carter. „Sie können das Kleid waschen und bis fünf Uhr fertig haben, oder Sie können Ihren Koffer packen und gehen." Mit festem Schritt drehte sie sich um und verließ den Raum.

Annie sah ihr mit blitzenden Augen nach.

„Sie befiehlt es auch, nicht wahr? Nun, ich werde es nicht tun, und ich werde es nicht tun, und ich werde es *nicht tun*!" Sie ließ sich auf einen Stuhl an einem Ende des Tisches fallen und versteckte ihren Kopf in ihren Armen.

Peter warf Nora einen besorgten Blick zu; er wusste nicht, wie er mit Annies Fall umgehen sollte. Wäre sie ein eigensinniger Stallbursche gewesen, hätte er sie hinter die Scheune geführt und ihr mit einem Lederriemen die Vernunft eingedroschen. Unbeholfen legte er seine Hand auf ihre Schulter.

„Ach, Annie, wasche das Kleid, du bist ein braves Mädchen. Es wird nicht lange dauern, und dann gehen wir heute Abend an den Strand, um uns das

Feuerwerk anzusehen. Miss Ethel meinte das nicht so „Was nützt es, Ärger zu machen?“

„Es ist genauso wenig mein Ort zum Waschen wie der von Simpkins“, schluchzte sie. „Warum hat sie ihn nicht darum gebeten? Ich werde nicht an einem Ort wie diesem bleiben, wo man dich wie einen Hund herumkommandiert. Ich werde meinen Koffer packen, das werde ich.“

Nora und Peter sahen sich hilflos an. Sie sympathisierten heimlich mit Annie, trauten sich aber nicht, es offen zu tun, da Mitgefühl nur das Feuer anfachte, und sie wussten beide, dass Mrs. Carter, nachdem sie ihr Ultimatum ausgesprochen hatte, dazu stehen würde. Annie muss das Kleid vor fünf Uhr waschen, sonst muss Annie gehen. Bei dem Gedanken, dass sie gehen würde, seufzte Peter tief und auf seiner Stirn bildeten sich zwei Stirnrunzeln. Sie war erst vier Wochen dort, aber Willowbrook würde ohne sie nie wieder Willowbrook sein. Plötzlich wurde die Stille durch das Geräusch großzügiger Schritte auf der hinteren Veranda unterbrochen, und Ellen, die Köchin bei Mr. Jasper, erschien in der Tür.

„Guten Tag, Nora, und ich möchte mir einen Tropfen Vanille leihen. Ich habe ihn vor zwei Tagen bestellt und dieser Idiot von einem Lebensmittelhändler – was ist los mit Annie?“, fragte sie, und ihr gutmütiges, lachendes Gesicht nahm einen besorgten Ausdruck an, als sie das Bild vor sich betrachtete.

Nora und Peter erklärten es gemeinsam. Annie schenkte der Aufzählung ihrer Fehler keine Beachtung; nur ihre zuckenden Schultern waren beredt. Ellen hörte sich die Geschichte mit bereitwilliger Anteilnahme an.

„Oh, das ist eine Schande, und das am Fort o' July! Wir alle haben unsere Probleme auf dieser Welt.“ Sie seufzte schwer und zwinkerte Peter und Nora zu, während sie sie zur Tür schob. „Geht mit euch beiden raus und überlasst sie mir“, flüsterte sie.

Ellen griff nach unten und hob das Kleid auf. „Es ist schon schrecklich, was die Leute dir anziehen, wenn du ihnen die Chance gibst. Es ist eine Schande, von einem Menschen zu verlangen, dass er so ein Kleid mit all den Rüschen und Spitzenbesatz wäscht.“ Ich denke, es ist schlimm genug, Mr. Harrys Hemden waschen zu müssen, aber wenn er anfangen würde, sie mit Spitze zu versehen, würde ich ziemlich schnell gehen, und ich habe auch keine Ausbildung zum Wäschewaschen Sehen Sie, dass Miss Ethel den Mut hatte, danach zu fragen. Sie wird Sie als Nächstes dazu bringen, Klavier zu spielen, damit sie vorbeitanzen kann.

Annie hob ein tränenüberströmtes Gesicht.

„Ich könnte es schaffen", sagte sie schmollend. „Ich kann mich genauso gut waschen wie Kate; Miss Ethel hat gesagt, dass ich das könnte. Es ist nicht die Arbeit, die mir etwas ausmacht, wenn sie mich um Anständigkeit bitten würde.

„Ich mache dir keine Vorwürfe, dass du gegangen bist. Das würde ich auch tun." Plötzlich hatte Ellen eine Eingebung und ließ sich auf einen Stuhl am anderen Ende des Tisches fallen. „Ich werde mich selbst verlassen!" sie verkündete. „Ich lasse mich auch nicht belästigen. Und was glaubst du, was Mr. Jasper ist, nachdem er heute Nachmittag telefoniert hat? Er bringt Gesellschaft zum Abendessen – drei seltsame Minuten, die ich noch nie zuvor gesehen habe – und er ist ein echter Fisch Zuhause von Patrick, ein blauer Fisch, den er fangen will. Er ist jetzt im Eisfach und wir sollen ihn zum Abendessen haben, und ich habe nichts dagegen, das Abendessen zu haben. Suppe, Braten, Salat und Nachtisch, aber ich *würde keine* Suppe, *keinen Fisch*, keinen Braten, keinen Salat und keinen Nachtisch haben, wenn so viele bei uns zu Hause wären So wie es hier ist, würde ich nichts sagen, aber nur ich und George – und er berührt nicht einmal etwas außer dem Silber und der Brille – das ist zu viel, das ist George „Du würdest mich unter einem Berg von Geschirr begraben sehen, bevor er einen Finger rühren würde, um zu helfen."

Ellen hielt mit einem erbärmlichen Schniefen inne, während sie sich an einer Ecke ihrer Schürze die Augen wischte. Annie hob den Kopf und betrachtete sie mitfühlend.

„Suppe, ein Fisch, ein Braten, ein Salat, ein Dessert, drei seltsame Minuten obendrein, und das ganze Geschirr muss abgewaschen werden, und der Fisch ist noch nicht einmal geputzt. Es ist wahr, dass das nie wieder Probleme bereitet Ich bin Single, sie sind verheiratet und haben Kinder, die ich mit meinen eigenen Händen abgenommen habe Die Finger sind bis auf die Knochen abgenutzt, aber lassen Sie das Fleisch einfach zu gar sein, oder die Flaschen sind nicht kalt, und dann höre ich schnell: „Das ist so." Eine undankbare Gruppe. Man kann bis zum Umfallen arbeiten, und sie schlucken alles und blinzeln nicht. Es wäre anders, wenn eine Frau da wäre, wie ich es mir oft gewünscht habe Eine Frau wie Miss Ethel, so lächelnd und hübsch, ist eine Freude, sie zu beobachten. Oh, und ich hätte nichts dagegen, ab und zu ein bisschen mehr für sie zu arbeiten – aber fünf Gänge und niemand anderes Ich muss den Abwasch machen! Ich werde heute Abend Bescheid geben.

Ellen brach zusammen und weinte in ihre Schürze, während Annie schwach versuchte, sie zu trösten.

„Ich habe dort dreizehn Jahre gearbeitet!" Ellen schluchzte. „Schon bevor Mrs. Jasper starb, als Mr. Harry noch ein kleiner Junge war. Es ist das einzige Zuhause, das ich habe, und ich möchte nicht gehen."

„Was macht dich dann aus?" fragte Annie.

„Denn ich lasse mich nicht belasten – Suppe, Fisch, Braten, Salat und Nachtisch sind zu viel, um von einem Menschen zu verlangen. Der Abwasch wird erst um zehn Uhr erledigt sein , und es ist Fort' o' Ju-lyy. Ellens Stimme wurde zu einem Jammern. Ihre Fantasie war lebhaft; Zu diesem Zeitpunkt glaubte sie völlig an ihr Unrecht. Sie weinten ein paar Minuten lang unisono, während Ellen gebrochen murmelte: „Suppe, Fisch, Braten, Salat, Nachtisch, das ist alles, was ich zu Hause habe."

„Man hat nicht oft Gesellschaft", sagte Annie tröstend.

„Das tun wir nicht!" rief Ellen. „Und das Haus ist so einsam und halt die Klappe, es ist wie ein Grab zum Leben. Wenn es hier so getanzt, gesungen und gelacht hätte, wäre ich froh. Mit Mr . Jasper und Mr. Harry waren so still und runzelten die Stirn und sagten nie ein Wort – Oh, wenn ich jemanden wie Miss Ethel hätte, der bereit wäre, würde ich an diesem Abend ihre Kleider bügeln Ihre Party und ich kamen vorbei, um zu helfen, und Sie und Pete tanzten in der Küche zur Musik, und nachdem die Gäste bedient worden waren, hatten wir einen Tisch auf der hinteren Veranda gedeckt – das wünschte ich mir „Ich habe an einem Ort wie diesem gelebt." Eine Frau Ethel kam heraus, als wir aßen, und fragte, ob wir müde seien, und bedankte sich dafür, dass wir so lange wach blieben, und sie freute sich, wenn wir etwas Gutes hatten Zeit auch."

Annie seufzte und ihr Blick wanderte etwas schuldbewusst zu dem Kleid auf dem Boden.

„Mrs. Carter kommandiert mich herum, als wäre ich eine Maschine", wiederholte sie in einem Tonfall der Selbstverteidigung.

„Und man muss lernen, sich mit dieser Welt auseinanderzusetzen", sagte Ellen. „Wenn Sie ab und zu ein „Dankeschön" hingeworfen bekommen, können Sie sich glücklich schätzen – das ist mehr, als ich verstehe. Ich habe Mr. Harry elf Jahre lang die Socken gestopft, und er hat kein einziges Wort davon gehört – Ich bezweifle, dass er überhaupt weiß, dass sie verdammt sind. „Es ist eine undankbare Welt, meine Liebe, ich habe dreizehn Jahre lang für die Jaspers gearbeitet, und obendrein bitte ich sie um Suppe und Fisch." einen Braten, einen Salat und ein Dessert an einem Fort-o-Juli-Abend!"

Ellen zeigte erneut Anzeichen eines Zusammenbruchs und Annie mischte sich hastig ein.

„Weine nicht darüber, Ellen. Es ist wirklich schade, aber Mr. Jasper hat wahrscheinlich nicht gedacht, was für eine Menge Ärger er damit macht. Ich weiß nicht, wie das ist. Ich komme vorbei und helfe dir dabei.

„Aber du wirst nicht hier sein. Du gehst selbst", heulte Ellen.

Annie schwieg.

„Dreizehn Jahre und das ist das einzige Zuhause, das ich habe."

„Geh nicht, Ellen", bettelte Annie.

„Suppe, Fisch, Braten –"

„Ich bleibe, wenn du willst!"

Ellen stieß einen letzten schaudernden Seufzer aus und wischte sich die Augen.

„Du musst dich beeilen, Annie, wenn du das Kleid bis fünf Uhr fertig haben willst. Komm schon!" sie weinte und sprang auf. „Ich helfe dir. Du nimmst die Taille und ich nehme den Rock, und wir werden sehen, welches zuerst fertig wird. Es muss nur ein wenig ausgerubbelt werden und wir werden es feucht bügeln."

Fünf Minuten später kehrten Peter und Nora, die auf der Hintertreppe gesessen und geduldig darauf gewartet hatten, dass Ellens Diplomatie Früchte trug, in die Wäscherei zurück. Sie fanden Ellen an einer Wanne und Annie an einer anderen – bis zu den Ellbogen in der Seifenlauge, ihre Wangen waren immer noch gerötet, aber ein Lächeln begann sich durchzusetzen.

„Ellen hilft mir", sagte sie in einer eher verlegenen Erklärung.

„Und sie kommt heute Abend vorbei, um das Geschirr für mich abzuwaschen", mischte sich Ellen ein. „Wir essen Suppe, Fisch, Braten und –"

Peter schlug die Hand vor den Mund und Nora warf ihm einen warnenden Blick zu.

„Du gehst mit Pete an den Strand, um dir das Feuerwerk anzusehen, dorthin gehst du heute Abend", sagte sie. „Ich werde Ellen beim Abwaschen helfen."

„Danke, Nora", sagte Ellen. „Du hast ein gütiges Herz, und das ist mehr, als ich von Mr. Jasper sagen kann, für alles, was ich dreizehn Jahre lang für ihn gearbeitet habe. Es ist Suppe, ein Fisch, ein Braten usw „Salat, ein Dessert, das der Mann heute Abend zum Abendessen haben möchte, und niemand außer mir, der einen Wasserkocher wäscht, wenn Annie nicht gewesen wäre, würde ich gehen." Ellen wrang den Rock aus und bespritzte ihn im

Spülwasser auf und ab. „Und jetzt, während dieses Kleid trocknet und zum Bügeln bereit ist, renne ich einfach nach Hause und rühre ein bisschen Pudding zum Nachtisch, wenn du mir etwas Vanille leihst, Nora, meine Liebe. Dieser Idiot ein Lebensmittelgeschäft bei——“

„Oh, nimm deine Vanille und komm mit dir klar! Wir haben von deiner Suppe, deinem Fisch und dem Rest deiner Speisen alles bekommen, was wir wollten.“

Nora sprang nach der Flasche in die Speisekammer, während die Aufmerksamkeit der anderen durch ein fröhliches Lachen vor dem Fenster auf sich gezogen wurde. Annies Gesicht verfinsterte sich bei dem Geräusch, und alle schauten hinaus.

Miss Ethel kam auf dem Weg zur Bucht über den Rasen. Mr. Lane, der zu Besuch in Willowbrook war, schlenderte an ihrer Seite, gekleidet in weiße Bootsflanellhosen und mit einigen Rudern über der Schulter. Etwas weiter hinten ging Mr. Harry, ein zweites Paar Ruder über der Schulter und den Blick etwas mürrisch auf den Boden gerichtet. Miss Ethel, hübsch und lächelnd in ihrem hellen Sommerkleid, unterhielt sich lebhaft mit Mr. Lane, offenbar hatte sie vergessen, dass Mr. Harry existierte.

„Ich würde es ihr ziemlich schnell zeigen, wenn ich Mr. Harry wäre!“ Ellen murmelte rachsüchtig.

Miss Ethel hielt inne und beschattete ihre Augen mit der Hand.

„Es ist furchtbar sonnig!“ Sie hat sich beschwert. „Ich fürchte, ich möchte einen Hut.“ Sie blickte über ihre Schulter zurück. „Harry“, rief sie, „lauf zurück und hol meinen Hut. Ich glaube, ich habe ihn auf der Veranda vor dem Haus gelassen, oder vielleicht auf dem Tennisplatz. Wir werden am Treppenabsatz auf dich warten.“

Für einen Moment wurde Mr. Harry angesichts dieser kategorischen Entlassung schwarz vor Augen; aber er verneigte sich höflich und wirbelte herum und schritt zurück zum Haus, während Miss Ethel und Mr. Lane lachend den Hügel hinunter gingen.

„Und sie hat nie auch nur „Bitte“ gesagt! flüsterte Annie.

„Ich wäre verdammt, wenn ich es tun würde“, sagte Peter.

III

Ihre unschuldigen Ablenkungen

„Wir haben drei Kinder zu Besuch, und wenn sie weggehen, wird von Willowbrook nichts mehr übrig sein. Warte, Trixy! Was versuchst du zu tun?"

Peter hielt inne, um die Leine unter Trixys Schwanz hervorzuziehen, dann zog er seinen Hut wieder in einen bequemen Winkel, schlug die Beine übereinander und bereitete sich auf ein Gespräch vor. Peter liebte es zu reden und er liebte ein Publikum; Er war im Wesentlichen ein soziales Tier. Seine Zuhörer waren zwei Kutscherbrüder und ein krummbeiniger junger Stallknecht, die wie er darauf warteten, dass der „Damenmorgen" seinen gewohnt ruhigen Abschluss fand – Sandwiches und Limonade auf der Clubveranda nach einem nicht allzu hitzigen Putting-Wettbewerb das erste Grün.

„Ja, wir haben drei Besuchskinder; mit Master Bobby sind es vier, und seit dem Morgen, als sie ankamen, habe ich nicht mehr leicht durchatmen können. Sie machen so einen ewigen Lärm, dass die Leute im Haus es nicht können." Verstehen Sie sie, und wir hatten sie die meiste Zeit im Stall. Mrs. Brainard, das ist ihre Mutter, ist Mr. Carters Schwester, und ich kann Ihnen sagen, dass sie sich auf den Weg nach Hause macht.

„Das ist sie dort mit dem lavendelfarbenen Kleid und dem Sonnenschirm" – er deutete mit dem Kopf in Richtung einer bunt gekleideten Gruppe von Damen, die über den Golfplatz in Richtung des ersten Grüns marschierten. „Sie trauert um ihren Mann – leichte Trauer, das heißt; er ist seit zwei Jahren tot."

„Sie hat mich am ersten Tag ausgewählt, um auf die Mädchen aufzupassen. ‚Peter', sagt sie, ‚meine lieben Jungs sind verrückt danach, im Stall zu spielen, aber ich mache mir Sorgen, weil ich Angst habe, dass sie den Pferden unter die Hufe geraten. Ich habe vollstes Vertrauen in dich', sagt sie, ‚und ich werde sie deiner besonderen Obhut anvertrauen. Pass einfach auf die Mädchen auf und sieh zu, dass sie nicht verletzt werden.'

„‚Vielen Dank, Ma'am', sage ich, geschmeichelt von der Aufmerksamkeit, ich werde mein Bestes geben." Ich hatte den kleinen Liebling noch nicht kennengelernt, sonst hätte ich meinen Job auf der Stelle hingeschmissen.

„Master Augustus – er ist der Jüngste – hat goldene Locken und blaue Augen und ein Lächeln so unschuldig wie Honig. Er ist der Typ, bei dem die Damen stehen bleiben, ihn küssen und fragen: ‚Wessen kleiner Junge bist du?' Auf den ersten Blick könnte man meinen, hinten ein paar Flügel sprießen zu sehen, aber wenn man ihn näher kennt, sucht man nach Hörnern und Schwanz. Ich habe diesen kleinen Mistkerl dreimal aus dem Ententeich gezogen und ihn mit einem Bootshaken aus der Getreiderutsche gefischt. Ich könnte Ihnen nicht sagen, auf wie viele Bäume er nach Vogeleiern geklettert ist und in deren Wipfel er stecken geblieben ist; wir halten sozusagen einen Stallburschen und eine Leiter auf Lager. Eines Nachmittags erwischte ich die vier, wie sie oben auf dem Heuboden Zigaretten aus getrockneten Maisseiden rauchten, so bequem, wie Sie es sich wünschen – so mancher Stallbursche ist schon für weniger Geld rausgeschmissen worden. Zusammen haben sie das Zeug aufgegessen, das der Tierarzt dagelassen hatte, als Blue Gipsy würgte, weil sie dachten, es sei Whisky – und das geschieht ihnen recht, sage ich. Ich habe sie allerdings nicht verraten, als der Arzt fragte, was ich für das Problem halte. war; ich sagte, ich vermute, es waren grüne Äpfel.

„Aber es sind nur die kleinen Abschweifungen, die ihre Freizeit beschäftigen; sie haben nichts mit den Dingen zu tun, an die sie denken, wenn sie wirklich zur Sache kommen. Das erste, was sie taten, war, so zu tun, als wäre die Victoria ein Piratenschiff, und sie kratzten." Die ganze Farbe war kaputt und sie versuchten, sie zum Spielen hinauszudrängen, und sie gruben das ganze Erdbeerbett auf der Suche nach versteckten Schätzen aus. Ihr nächster Schritt war, ihnen die Schuhe auszuziehen und Strümpfe, ihre Kleidung auf die falsche Seite drehen, und ihre Gesichter mit Heidelbeersaft beschmutzen – man hätte schwören können, dass sie viele plappernde Dagoes waren. Sie bettelten in allen Häusern der Nachbarschaft, auch in ihnen. Willowbrook, und Nora hat sie nie gekannt und ihnen ein paar kalte Kartoffeln gegeben.

„Letzte Woche haben sie sich eines Tages fast die Schuld gebrochen, als sie auf einem gefetteten Teetablett über das Dach des Wagenschuppens rutschten. Am Boden lag ein Haufen Stroh, der als Puffer fungierte, aber Meister Augustus tat das nicht Er lenkte geradeaus und ging über die Kante. Es war nur ein Meter tief, aber er kam herauf und sah beschädigt aus.

„Das ist aber nicht das Schlimmste. Letzten Sonntagnachmittag haben sie die Kuh so erschreckt, dass sie hysterisch wurde, indem sie behaupteten, sie sei ein Bulle, und es hießen Matydoors oder Torydoors, oder wie auch immer man sie nennt. Sie steckten Nadeln mit Windmühlen aus Papier am Ende in sie , und sie gibt nicht mehr als sechs Liter Milch, seitdem ich wütend war, und ich habe sie zum Haus geführt und ihrer Mutter geholfen.

„‚Es tut mir weh', sagt sie, ‚der Gedanke, dass ich Jungs so lästig sein sollten; aber sie wollten nicht grausam gegenüber dem armen, dummen Tier sein. Sie sind temperamentvolle Kerle', sagt sie, ‚an „Was sie brauchen, ist eine kluge Führung", sagt sie, „um in den Geist ihrer harmlosen Abschweifungen einzutauchen, und wenn man sieht, dass sie etwas Gefährliches tun." „Ihre Dankbarkeit", sagt sie, „wird euch für eure Mühe entlohnen."

„„Sehr gut, Ma'am', sage ich nicht allzu begeistert, ,ich werde mein Bestes geben' und verneige mich. Seitdem beaufsichtige ich ihre harmlosen Abschweifungen, und wenn es welche gibt Wenn einer den Job möchte, übergebe ich ihn schnell an ihn."

Peter hielt inne, um seine Pferde weiter in den Schatten zurückzuziehen; Dann stieg er hinunter, nahm an einem nahegelegenen Hydranten etwas zu trinken und nahm seinen Platz und das Gespräch wieder auf.

„Aber du hättest sie heute Morgen sehen sollen, als ich losgefahren bin! Sie waren ein Anblick, wenn es jemals einen gab. Joe ist mit Mr. Carter unterwegs und ich übernehme die Führung für den Tag. Als ich in die Kutschenhütte ging Um Billy Befehle zum Anhängen zu geben, was sollte ich anderes finden, als diese kostbaren kleinen Lämmchen, die in gestreiften Badehosen herumtollen, und keinen weiteren Stich. Sie waren weiterhin damit beschäftigt, ihre Felle dort zu bemalen, wo die Badehosen aufgehört hatten – Und das waren die meisten davon – mit einer kupferfarbenen Grundierung und ein paar schwarzen Streifen.

„„Heiliger Heiliger Patrick!' sagt ich. „Was zum Teufel habt ihr jetzt gemacht?"

„„Hoppla!' sagt Meister Bobby. „Wir werden dich skalpieren und dein Herz fressen", sagt er, „und wir machen uns bereit für den Kriegspfad."

„„Ihr seht eher aus wie Zebras', sage ich, ,die einer Menagerie entkommen sind.'

„„Warte, bis wir unsere Federn anziehen', sagt er, ,und' Pete", fügt er hinzu, „willst du es mir heimzahlen? Da ist eine Stelle in der Mitte, die ich nicht erreichen kann."

„Während er eine rosa und weiße Oberfläche zur Dekoration gähnt und mir eine Dose Achsfett in die Hände drückt. Und ich wäre verdammt, wenn diese jungen Kobolde ihre Haut nicht mit Achsfett bedeckt hätten und Roter Messinglack und zur Abwechslung ein Hauch von Bläue, den sie von Nora in der Küche bekommen hatten ' Ärger, als sie bereit waren, zu den Orten des Bleichgesichts zurückzukehren, aber Meister Bobby sagte, ihre Kleidung würde es verdecken.

„Ich habe den Job gemacht. Ich will kein Wandmaler werden und ich prahle nicht, aber ich muss sagen, dass Master Bobbys Rücken jedes Schild, das man sieht, übertrifft, als ich mit der Dekoration fertig bin. Ich habe einige befestigt

Hühnerfedern in ihren Haaren, und ich jagte ein paar Tomahawks in der Rumpelkammer, und sie stießen einen Kriegsschrei aus, der das Dach anhob, und skalpierten mich aus dem Grattytood.

„‚Sehen Sie doch mal‘, sage ich zu Master Bobby, ‚wirst du mir als Gegenleistung für die Hilfe bei deinen harmlosen Vergnügungen versprechen, dass du dein Scalping auf der Koppel machst und nicht in die Nähe der Ställe kommst? Weil mein Boden sauber ist „‚ sage ich, „und ich möchte nicht, dass Blut darauf spritzt“, sage ich, wie Sie sehen werden, und lenkte ihre Gedanken sanft in einen anderen Kanal, wie es ihre Mutter empfohlen hatte . Und sie haben so süß versprochen, dass sie recht haben; es ist nicht das Beste, Diplomatie anzuwenden.

„Ich ließ sie auf allen Vieren durch die Büsche am Ententeich kriechen und so unschuldige Pfeile in die Luft schießen, wie es einem beliebt. Ich weiß allerdings nicht, wie lange das durchhält. Ich habe Billy gebeten, ein Auge auf sie zu haben. und ich schätze, wenn ich zurückkomme, werde ich seinen Kopf an der Anhängerkupplung finden und seine Haare von ihren Gürteln baumeln lassen.

Eine Abschiedsbewegung auf der Clubveranda brachte die Männer zurück zu ihrem offiziellen Selbst. Peter rückte seinen Hut zurecht, straffte seinen Rücken und nahm die Zügel auf.

„Bis dann, Mike“, bemerkte er, als er rückwärts in die Einfahrt fuhr. „Ich sehe euch morgen bei den Daughters of the Revolution; und wenn ihr von jemandem hört“, fügte er hinzu, „der eine Kombination aus Kutscher und Kindermädchen erster Klasse sucht, gebt ihnen meine Adresse. Ich bin.“ Ich suche nach einem einfacheren Ort.

„Peter“, sagte Mrs. Carter, als sie aus dem Tor des Clubhauses trotteten und sich auf den glatten Schotterweg der Heimstraße begaben, „ich wollte Sie fragen, was die Kinder heute Morgen gemacht haben. Haben sie sich amüsiert?“ ?"

„Ja, sie haben sich amüsiert. Sie haben Indianer gespielt, Ma'am, mit Hühnerfedern im Kopf.“ Er verzichtete klugerweise auf den Rest des Kostüms. „Ich habe ihnen ein paar Tomahawks in der Rumpelkammer gefunden, und als ich sie das letzte Mal sah, waren sie auf der Koppel und skalpierten sich gegenseitig, so glücklich sie wollten.“

„Diese leckeren Jungs!“ murmelte ihre Mutter. „Ich weiß nie, woran sie als nächstes denken werden. Es ist eine große Erleichterung, sie ins Land zu bringen, wo sie viel Platz zum Spielen haben und ich sicher sein kann, dass sie keinen Unfug treiben. Sie sind so übermütig, dass wenn.“ Wir übernachten in einem Sommerhotel. Ich bin immer unruhig, weil ich befürchte, dass sie die Gäste stören könnten.

Die Kutsche war in das Willowbrook-Gelände eingebogen und rollte schicklich zwischen den glatten grünen Rasenflächen entlang, die von buntem Laub gesäumt waren. Die beiden Damen lehnten sich in friedvoller Betrachtung des Sommermittags auf den Kissen zurück, als plötzlich lautes Geschrei und Geschrei über die Straße brach durch das Gebüsch in Richtung Stall. Es war nicht nur das freudige Aufbrausen tierischer Geister, das Willowbrook in den letzten zwei Wochen erfreut hatte. Es war ein unverkennbarer Ton der Beunruhigung zu hören, ein heiserer Unterton, als würden Männer in den Tocsin einsteigen. Peter zog die Pferde abrupt in die Hocke und legte den Kopf schief, um zuzuhören, während sich die Damen bestürzt vorbeugten.

„Etwas ist meinen lieben Jungs passiert! Fahr schnell weiter, Peter", keuchte Mrs. Brainard.

Peter benutzte seine Peitsche und sie näherten sich im Galopp dem Haus. Das Problem war mittlerweile offensichtlich. Schwere Rauchwolken stiegen zwischen den Weiden auf, während der Ruf „Feuer! Feuer!" ertönte. erfüllte die Luft.

„Gott sei Dank sind es nicht die Ställe!" rief Peter, während sein Auge ängstlich die Richtung studierte. „Das ist der Waggonschuppen – und der Wagen ist darin und alle landwirtschaftlichen Geräte."

Von allen Seiten rannten Menschen. Zwei Männer von Jasper Place kamen schnaufend durch das Loch in der Hecke und zogen einen Gartenschlauch hinter sich her, während die Hausdiener barhäuptig und aufgeregt von der hinteren Veranda hervorschwärmten.

„Annie! Annie!" rief Mrs. Carter, als die hechelnden Pferde zum Stehen gezerrt wurden: „Schalten Sie den Feueralarm ein. Gehen Sie zum Telefon und rufen Sie das Maschinenhaus an."

„Simpkins hat es geschafft, Ma'am", rief Annie über ihre Schulter, während sie weitereilte. „Au! Was ist das?" „Fügte sie mit einem Schrei erstaunten Entsetzens hinzu, als eine rot-schwarz gestreifte Gestalt mit einer Reihe zerzauster Federn, die in Fransen um die Ohren wehten, aus dem Gebüsch hervorbrach und prall gegen sie stieß.

"Bobby!" keuchte seine Mutter, als sie nach einem Moment schockierten Zögerns ihren Sohn erkannte. Bobby wedelte mit den Armen und heulte. Durch die Kriegsbemalung war deutlich ein Ausdruck des Entsetzens zu erkennen.

„Pete, Billy, Patrick! Schnell! Schnell! Wir können ihn nicht losbinden und er brennt! Wir hatten nicht vor, ihn zu verbrennen", fügte er schnell hinzu. „Es ist ein Unfall."

„Was verbrennen?" rief Frau Carter.

„Augustus", schluchzte Bobby.

Und zu der entsetzten Gruppe ertönte ein schriller Falsettschrei: „Hilfe! Hilfe! Sie verbrennen mich auf dem Scheiterhaufen!" – ein Schrei, der offenbar Todesangst auslöste, auch wenn ein unaufgeregter Zuhörer in den Tönen eher Wut herausgefunden hätte als vor Schmerzen.

Mrs. Brainard warf mit einem rasenden Schrei ihren lavendelfarbenen Sonnenschirm weg und rannte in die Richtung der Geräusche. Peter sprang von der Kiste und überholte sie. Er war als Erster vor Ort. Das Dach des Wagenschuppens war eine glühende Masse; der Strohhaufen darunter stieß eine erstickende Wolke blauen Rauchs aus, und das trockene Gras um ihn herum knisterte in einem sich rasch ausweitenden Kreis. Doch im Zentrum des Feuers gab es noch eine kleine grüne Oase, wo ein junger Weidensetzling trotzig aus den Flammen ragte. Und als der Rauch kurzzeitig zur Seite wehte, kam die sich windende Gestalt von Augustus in Sicht, fest an den Baumstamm gebunden, die Hände über dem Kopf. Als die Zuschauer eintrafen, hörte er auf zu kämpfen und nahm einen stoischen Gesichtsausdruck an, der einem echten Comanche Ehre gemacht hätte.

„Mein Junge! Mein Junge!", kreischte Mrs. Brainard und rannte mit ausgestreckten Armen nach vorne, als sich der Rauch erneut um ihn schloss.

Peter hat sie gefangen. „Gehen Sie zurück, Ma'am. Um Himmels willen, treten Sie zurück! Sie werden Ihr Kleid holen. Er hat niemanden verletzt; das Feuer hat ihn nicht erreicht. Ich werde ihn retten", und er zückte sein Messer. Peter stürzte in den Rauch. Drei Minuten später kam er zurück, eine Masse aus Streifen und einer Mischung aus Fett wirbelte in seinen Armen herum.

Mrs. Brainard, die ihre Augen geschlossen hatte, um ohnmächtig zu werden, öffnete sie wieder und sah Augustus an. Er hatte eine schlammige Kupferfarbe mit hier und da einem lebhaften Hauch von Blau und verströmte einen eigenartig gemischten Geruch nach Messingpolitur und Rauch.

„Ist – ist er tot?" sie schnappte nach Luft.

„Er ist ziemlich lebhaft, Ma'am", sagte Peter und kämpfte grimmig darum, ihn festzuhalten.

Mit einem erleichterten Schluchzen öffnete sie ihre Arme und empfing den Jungen, mit Fett und Rauch und allem; während die drei verbliebenen Mutigen bescheiden versuchten, sich zu verstecken.

„Robert", sagte Mrs. Carter und legte zurückhaltend eine Hand auf die dreifarbige Schulter ihres Sohnes, „was hat diese unerhörte Angelegenheit zu bedeuten?"

Bobby vergrub seine fettigen Fäuste in den Augen und wimmerte.

„Wir haben ihn einfach an den Pfahl gebunden und so getan, als würden wir ihn verbrennen. Und dann haben wir uns hingesetzt, um eine Friedenspfeife zu rauchen, und ich schätze, vielleicht hat das Stroh Feuer gefangen."

„Das hat es – anscheinend", sagte seine Mutter; ihr Tonfall ließ erahnen, dass noch Schlimmeres bevorstand.

Peter, der in aller Eile eine Feuerwehr organisiert hatte, konnte zwar den Bock und einige landwirtschaftliche Geräte retten, aber das Gebäude selbst war nicht mehr zu retten. Das Holz war trocken und abgelagert, und der schwache Wasserstrahl aus dem Gartenschlauch verstärkte den Rauch eher, als dass er die Flammen dämpfte. Schließlich zogen sich die Männer keuchend in einem Kreis zurück und sahen zu, wie es brannte.

„Mensch!" rief Peter: „Ich bin froh, dass es der Wagenschuppen war. Es könnten auch die Ställe gewesen sein."

„Oder das Haus", fügte Mrs. Carter hinzu.

„Oder Augustus!" hauchte Frau Brainard.

Das Dach stürzte krachend ein und die Flammen schlugen hoch und umzingelten es. Ein sanfter Jubel brach von den Zuschauern aus; Da es nichts mehr zu tun gab, konnten sie sich auch am Lagerfeuer erfreuen. Der Jubel wurde von einem Antwortruf am Ende der Allee widergespiegelt, und einen Moment später stürmte die freiwillige Haken- und Leiterkompanie von Sea Garth in Sichtweite, gezogen von zwei mit Schaumstoff bedeckten Pferden, während die Feuerwehrleute sich immer noch mit verspäteten Uniformen abmühten.

Sie kamen zum Stehen; Ein halbes Dutzend Männer rissen die nächste Leiter ab und schleppten sie zum brennenden Gebäude. Dort zögerten sie zweifelnd. Es war eindeutig eine unmögliche Leistung, eine zehn Meter hohe Leiter an einen einstöckigen Waggonschuppen zu lehnen, dessen Dach eingestürzt war. Ihr Anführer, eine beeindruckende Gestalt in einem scharlachroten Hemd und einem Gummihelm, trat vor, um das Kommando zu übernehmen. Er erfasste die schmerzhafte Situation und wirkte einen Moment lang verzweifelt. Im nächsten Augenblick hatte er jedoch seine

Haltung wiedererlangt und verkündete mit triumphierendem Ton: „Wir retten die Ställe!"

Mrs. Carter trat mit protestierender Stimme vor.

„Oh nein, ich flehe dich an! Das ist nicht nötig. Die Funken fliegen in die andere Richtung. Meine eigenen Männer haben es glücklicherweise geschafft, mit dem Feuer fertig zu werden, und ich bin Ihnen für Ihre Mühe sehr dankbar Es besteht keine Notwendigkeit für weitere Hilfe."

„Madam", sagte der Häuptling, „der Wind kann jeden Moment umschlagen, und ein einziger Funke, der auf das Schindeldach fällt, würde jedes Gebäude auf dem Gelände wegfegen. Es tut mir leid, unhöflich zu sein, aber es ist meine Pflicht." Schützen Sie Ihr Eigentum. Er winkte sie beiseite und erteilte seine Befehle. Zum ersten Mal in ihrem Leben stellte Mrs. Carter fest, dass sie nicht die Herrin ihres eigenen Zuhauses war.

Fünf Minuten später lehnten ein halbes Dutzend Leitern am Hauptgebäude der Ställe, während die Eimerbrigade fröhlich den Inhalt des Ententeichs über das Schindeldach schüttete.

Diese Vorsichtsmaßnahme war kaum im Gange, als ein zweiter Ruf und Glockengeläut die Annäherung der Sea Garth Volunteer Hose Company No. 1 ankündigte. Sie besaßen keine Pferde und waren zwangsläufig langsamer vorangekommen. Begleitet von einer aufgeregten Eskorte barfüßiger Jungen fegten sie wie eine Flutwelle über rasierte Rasenflächen und Blumenbeete.

„Halten Sie sie zurück! Halten Sie sie zurück!" jammerte Mrs. Carter in einem plötzlichen Anfall von Hilflosigkeit. „Peter, William, haltet sie auf! Danke ihnen und schick sie nach Hause." Sie sprach den Haken- und Leiterchef an. „Sagen Sie ihnen, dass alles vorbei ist. Sagen Sie ihnen, dass Sie selbst bereits alles Notwendige getan haben."

„Tut mir leid, Mrs. Carter, aber das ist unmöglich. In dieser Stadt hat es in den letzten drei Monaten kein Feuer gegeben, und dann war es nur ein Fehlalarm. Sie sind ohnehin schon sauer, weil wir zuerst hier waren. Ein bisschen Wasser wird nichts schaden; wir brauchen den Regen, Frau Carter, und vertrauen Sie mir, dass ich nicht zulassen werde, dass sie mehr Schaden anrichten.

Mit einer Miene freudiger Erwartung näherte sich die Schlauchfirma dem Schauplatz der Verwirrung, der den zerstörten Waggonschuppen umgab. Ihre Gesichter senkten sich, als sie die erbärmliche Größe des Feuers erblickten; aber der neue Häuptling usurpierte mit schnell wiedererwachender Fröhlichkeit die Diktatur und ließ bald einen großzügigen Wasserstrahl auf der Glut spielen.

Mit einem letzten klagenden Appell an Peter, sie loszuwerden, nahm Mrs. Carter ihre natürliche Zurückhaltung wieder auf; und sie und Mrs. Brainard zogen ihre rauchverschmierte Pracht zum Haus und trieben die besiegten Tapferen vor sich her.

Als schließlich der letzte Funke unwiederbringlich erloschen war, der Ententeich fast trocken und alles andere nass war, beluden die Feuerwehrmänner ihre Leitern und Schläuche, ihre Eimer und Gummihelme neu und rollten lärmend davon. Die Willowbrook-Truppe setzte sich und wischte sich die schmutzigen Brauen.

„Wirst du dir meine Blumenbeete ansehen?" trauerte Tom. „Sie sind direkt über sie hinweggelaufen."

„Willst du dir die Kleidung auf der Leine ansehen?" rief Nora. „Sie gingen mit ihren schmutzigen Händen durch sie hindurch."

„Geh und sieh dir den Boden des Kutschenhauses an", knurrte Peter. „Sie haben einen drei Zoll breiten Wasserstrahl durch die Vordertür geworfen; es sieht aus, als ob die Flut von Arrerat uns getroffen hätte. Wenn ich jemals diesen hummerartigen Feuerwehrchef alleine rausholen sollte, werde ich ihn beibringen. ist dooty, das werde ich tun. Er hielt inne, um seine Person zu untersuchen. „Mensch! Aber ich habe Blasen an den Händen bekommen." Er führte die Prüfung weiter. „Und das ist meine beste Hose", murmelte er. „Wenn ich das nächste Mal bei ihren harmlosen Abenteuern helfe, werde ich eine lebenslange Versicherung abschließen."

IV
WÜRDE UND DER ELEFANT

"Komm herein!"

Peter öffnete die Tür zur Bibliothek und ging mit unbeholfenem Zögern auf ihn zu. Hinter seinem respektvollen, ausdruckslosen Gesichtsausdruck war ein Anflug von Besorgnis zu erkennen; Er war sich selbst nicht im Klaren über den Grund für diese gebieterische Vorladung ins Haus. Es könnte bedeuten, dass er dafür belohnt werden sollte, dass er Meister Augustus das Leben und den Inhalt des Wagenschuppens gerettet hatte; es könnte bedeuten, dass er für einen von einem Dutzend unschuldiger und unvorhergesehener Fehler getadelt werden sollte. Aber Mr. Carters Gesichtsausdruck, als er sich vom Schreibtisch abwandte, vertrieb jeden Zweifel an der Bedeutung des Interviews. Sein Auftreten enthielt keinerlei Hinweise auf eine bevorstehende ehrenvolle Erwähnung.

„Mach die Tür zu", sagte er trocken.

Peter schloss die Tür, stand stramm und umfasste mit nervösen Fingern die Krempe seines Hutes. Mr. Carter ließ ein schmerzhaftes Schweigen zu, während er stirnrunzelnd auf eine Zeitung blickte, die vor ihm auf dem Tisch ausgebreitet war. Nachdem Peter das Gesicht seines Meisters studiert hatte, senkte er seinen besorgten Blick auf die Schlagzeilen der Zeitung:

COMANCHE BRAVES AUF DEM KRIEGSWEG

Ein Brand droht die Zerstörung
des Anwesens von JEROME B. CARTER

„Das war eine sehr schockierende Angelegenheit", begann Herr Carter mit beeindruckender Nachdruck. „Der Schaden war glücklicherweise gering, aber das Prinzip bleibt dasselbe, als ob jedes Gebäude auf dem Gelände abgebrannt wäre. Oberflächlich betrachtet liegt die Schuld bei den Jungen, die das Feuer gelegt haben", fügte er mit einem Anflug von Grimmigkeit hinzu , „Sie wurden angemessen bestraft. Aber wenn ich mir die Sache genauer ansehe, stelle ich fest, dass die Schuld nicht bei ihnen aufhört. Ich habe hier ein Exemplar einer New Yorker Abendzeitung von – äh – sensationeller Qualität, die eine völlig übertriebene Aussage macht Es gibt jedoch eine Besonderheit, in der sie nicht übertreiben – Übertreibung ist unmöglich – und zwar in ihrer Beschreibung der abnormen Kleidung, die mein Sohn und meine Neffen damals trugen."

Mr. Carter rückte seine Brille zurecht und hob die Zeitung auf. Sein Stirnrunzeln verdunkelte sich, als er rasch die Säule hinunterblickte. Ein scherzhafter junger Reporter hatte das Beste aus einer guten Geschichte gemacht.

„Freiwillige Feuerwehrleute – Tapferes Verhalten von Chief McDougal – Drohende Tragödie – Hm – –" Sein Blick fiel auf den beleidigenden Absatz und er begann zu lesen.

„,Auffällig unter den Anwesenden waren die Urheber der Feuersbrunst, Meister Robert Carter, zwölfjähriger Sohn von Jerome B. Carter, und seine drei Cousins, Söhne von John D. Brainard aus Philadelphia. Was auch immer man über die Philadelphianer sagen mag Generell ist an den Brainard-Jungs nichts Langsames, die vier trugen schlichte, aber wirkungsvolle Kostüme aus schwarzer und roter Kriegsbemalung. Die Farbe bestand, wie wir erfahren, aus Achsfett und Messingpolitur , und wurde von einem gewissen Peter Malone, der die Position des Oberstallmeisters in den Carter-Ställen innehat, künstlerisch gefördert. Seine Talente weisen auf das Gebiet der dekorativen Kunst hin.

Ein flüchtiges Grinsen huschte über Peters Gesicht. Es fiel ihm zum hundertsten Mal auf, dass es in der Familie Carter einen merkwürdigen Mangel an Sinn für Humor gab. Aber er ordnete seine Gesichtszüge schnell wieder. Mr. Carter hatte die Zeitung wieder hingelegt und wartete. Peter blickte sich zweifelnd im Raum um und wagte es schließlich in versöhnlichem Ton:

„Es war nicht so schockierend, wie es in der Zeitung stand, Sir. Sie trugen neben dem Fett auch gestreifte Badehosen und eine Reihe Hühnerfedern."

Mr. Carter tat die Bemerkung als irrelevant ab.

„Das hat nichts mit der Sache zu tun. Die Frage, die ich diskutiere, ist die Tatsache, dass Sie meinen Sohn mit Achsfett angestrichen haben. Ich bin nicht nur schockiert, sondern erstaunt. Ich habe immer die höchste Meinung über Ihren Sinn für Anstand und Anstand gehabt Ich hätte glauben sollen, dass diese Geschichte eine reine Erfindung eines prinzipienlosen Reporters ist, wenn ich sie nicht von Meister Bobbys eigenen Lippen bestätigt hätte. Es ist nur richtig, dass ich mir Ihre Version der Angelegenheit anhöre sagen?"

Peter verlagerte unbehaglich sein Gewicht. An einer Einladung, eine Geschichte zu erzählen, mangelte es ihm selten, aber es gefiel ihm, das Gefühl zu haben, dass sein Publikum bei ihm war, und in diesem Fall war Mr. Carters Verhalten nicht gerade mit Mitgefühl übersät.

„Nun, Sir", begann er mit einem entschuldigenden Husten, „wenn Sie mir die Erwähnung entschuldigen, diese drei Brainard-Jungs sind junge Glieder Satans, jeder einzelne von ihnen. Ihre Schlechtigkeit ist es sozusagen." Fang, und Master Bobby hat es verstanden, Sir, ich verliere mein eigenes Gespür für richtig und falsch.

„Sehr gut", sagte Mr. Carter ungeduldig, „was ich hören möchte, ist dieses indische Geschäft."

„Ja, Sir, ich komme gleich, Sir. Gestern Morgen bekam ich früh den Auftrag, Mrs. Carter zum Country Club zu fahren, und als ich in die Kutschenhütte ging, um zu sehen, wie ich mich anspanne, Was sollte ich anderes finden als diese vier kleinen Div--"

Peter fing Mr. Carters Blick auf und änderte hastig seinen Satz.

„Ich fand die vier jungen Herren, Sir, gekleidet in gestreifte Badehosen, damit beschäftigt, ihre Haut mit Achsenfett zu bemalen, bereit für den Kriegspfad. Sie hatten zwei Dosen aufgesetzt, bevor ich sie sah, und so weiter Ich war fertig mit Master Bobbys Rücken und Master Wallaces Beinen. Ich befürchtete, dass sie sich nicht lösen würden, und ich sagte es ihnen schon so sehr, dass es schade war, den Sport zu verderben , ich habe mich darum gekümmert, was ihre Mutter gesagt hat, dass sie sich mitfühlend für ihre harmlosen Abschweifungen interessiert.

„Und das kam Ihnen wie eine harmlose Ablenkung vor?"

„Im Vergleich dazu, Sir. Keine ihrer Abschweifungen scheint mir für eine Sonntagsschule geeignet zu sein."

„Weiter", sagte Mr. Carter scharf.

Peter fummelte an seinem Hut herum. Er fand die Stimmung seines Arbeitgebers ein wenig schwierig.

„Es war nicht meine Schuld an dem Feuer, Sir. Als ich losfuhr, spielten sie auf der Koppel so unschuldig, wie Sie wollten. Woher sollte ich wissen, dass sie es aufnehmen würden, sobald ich zurückgekehrt wäre?" Ihre Köpfe, um Meister Augustus auf dem Scheiterhaufen zu verbrennen? Es ist keine gewöhnliche Intelligenz, die mit ihnen mithalten kann. Und was den Schaden angeht, hätte es keinen gegeben, abgesehen vom Verlust des Wagens. Scheiße, wenn da nicht die Feuerwehr gewesen wäre, seht selbst, was für ein Chaos sie angerichtet haben.

Er machte eine plötzliche Pause und fügte dann mit einer Miene wiederbelebender Fröhlichkeit hinzu:

„Es war schlimm, Sir, aber es hätte noch schlimmer sein können. Wir haben den Wagen gerettet, und wir haben die Gartengeräte gerettet, ganz zu schweigen von Meister Augustus."

Mr. Carter grunzte leicht und es folgte Stille, während der Peter zögernd zur Tür blickte; aber da sein Begleiter kein Zeichen dafür gab, dass das Gespräch zu Ende sei, wartete er. Mr. Carters Blick war inzwischen wieder auf die Zeitung gewandert und sein Stirnrunzeln verzog sich erneut. Schließlich begegnete er dem Bräutigam mit der bedächtigen Miene eines Beraters, der einen Fall zusammenfasst.

„Und Sie glauben, dass es der Würde meiner Position entspricht, dass eine New Yorker Zeitung eine solche Erklärung über meinen Sohn drucken darf?"

Peter lächelte zweifelnd und wischte sich die Stirn, aber da ihm keine politische Antwort einfiel, schwieg er weiter.

„Es gibt noch eine andere Sache, über die ich sprechen möchte", fügte Mr. Carter mit neuer Strenge hinzu. „Mir wurde mitgeteilt, dass Sie die Jungen in ihrer Gegenwart gerufen haben", er hielt inne, als ob es für ihn schmerzhaft wäre, solch übelriechende Worte zu wiederholen – „ *verdammte kleine Teufel!* Ist das so?"

Peter seufzte schwer.

„Ich weiß es nicht, Sir. Ich hätte es vielleicht ohne nachzudenken gesagt. Ich war aufgeregt, als ich sah, wie das Dach brannte, und vielleicht habe ich meine Meinung gesagt."

„Ist dir nicht bewusst, Peter, dass eine solche Sprache unter keinen Umständen in Master Bobbys Gegenwart verwendet werden sollte?"

„Ja, Sir, aber wenn Sie mir die Freiheit verzeihen, Sir, gibt es Zeiten, in denen der Engel Gabriel selbst in Master Bobbys Gegenwart schwört."

„Das reicht, Peter. Ich werde nicht weiter mit dir reden, aber ich möchte, dass dies eine Warnung ist. Du bist jetzt Oberknecht – ich habe sogar darüber nachgedacht, wie du gut weißt, ob es ratsam wäre, dich noch weiter voranzutreiben . Ob ich das tue oder nicht, hängt von Ihnen ab. Ich muss leider sagen, dass diese Episode mein Selbstvertrauen erschüttert hat.

In Peters Augen flackerte plötzlich Wut auf. Er erinnerte sich an die langen Jahre ehrlicher Dienste, die er Herrn Carter geleistet hatte, einen Dienst, an dem das Interesse seines Arbeitgebers immer sein eigenes gewesen war; und sein irischer Gerechtigkeitssinn rebellierte. Es lag ihm auf der Zunge zu sagen: „Ich habe zehn Jahre bei Willowbrook gearbeitet und immer mein Bestes gegeben. Wenn mein Bestes nicht gut genug ist, müssen Sie sich nach einem anderen Mann umsehen. Guten Abend, Sir." "

Aber er fing die Worte auf, bevor sie ausgesprochen wurden. Seit Annie nach Willowbrook gekommen war, hatte sich Peters Lebenseinstellung verändert. Wenn ein geheimer Traum über ihn, sie und das Kutscherhäuschen jemals wahr werden sollte, musste er seinen Stolz überwinden und Weisheit walten lassen. Sein Mund wurde gerader und er lauschte dem Rest der Predigt seines Meisters, während sein Blick missmutig auf den Boden gerichtet war.

„Wäre es einer der anderen Stallknechte gewesen, der vor meinem Sohn eine solche Sprache benutzt und einen so – äh – unverzeihlichen Verstoß gegen den Anstand begangen hätte, dass er ihn mit Achsfett beschmiert hätte, hätte ich den Mann auf der Stelle entlassen." Deine bisherige Bilanz hat dich gerettet, aber ich warne dich, dass sie dich in Zukunft nicht ein zweites Mal retten wird. Du wirst nie feststellen, dass ich die Würde meiner Position vergesse Achte darauf, dass du dich an deine Würde erinnerst. Du darfst jetzt gehen.

Mr. Carter entließ ihn mit einem Nicken und wandte sich wieder dem Schreibtisch zu.

Annie wartete in der Küche, um den Verlauf des Interviews zu hören. Peter stolzierte wortlos durch den Raum, sein Gesicht war von bedrohlichen Falten gezeichnet. Sie folgte ihm auf die hintere Veranda und packte ihn am Mantelrevers.

„Was ist los, Petey? Worauf bist du sauer? Hat er dir nicht dafür gedankt, dass du die Sachen gerettet hast?"

„Vielen Dank", knurrte Peter. „Haben die Carters dir jemals gedankt? Die ganze Schuld für die Dinge, die diese kleinen Divvels tun – *verdammte kleine Divvels* – liegt bei mir . Das ist es, was sie sind. „Und ist es angebracht", sagt er, „dass du so etwas verwenden solltest." Sprache vor Master Bobby?' Herr! Ich wünschte, er könnte die Sprache hören, die Master Bobby vor mir benutzte, als er in Trixys Krippe fiel. Ich würde ihn gerne einmal im Freien treffen erste Runde mit gefesselter rechter Hand hinter mir.

Peter kämpfte offensichtlich wahnsinnig.

„Ich würde gerne einen Schlag auf den Reporter werfen, der diese Zeitung geschrieben hat. Der junge Malone hat seine Berufung verfehlt, nicht wahr? Woche. „Tapfere Arbeit von Chief McDougal." Blühender Hummer mit Gummihelm, ich werde ihm sein Handwerk beibringen, wenn ich ihn jemals alleine rausholen würde. Ich habe mir das Brett und alle Werkzeuge erspart, und dazu noch Meister Augustus – ich wünschte, ich würde es zulassen Ich brenne, das tue ich. „Und", sagt Mr. Carter, „glauben Sie, dass es mit meiner Würde vereinbar ist", sagt er, „dass mein Sohn mit Achsfett angestrichen werden sollte – ich – der ehrenwerte Jerome B." .Carter, Esquire?' Seine Würde! Nimm ihm sein Geld und seine Würde, und wenn ich es nicht riskiere, werde ich es ihm zurückgeben Mein Leben und ich verbrennen meine besten Hosen, und das ist der ganze Dank, den ich bekomme!"

Eine Woche war über Willowbrook vergangen. Die verkohlten Ruinen des Wagenschuppens waren zum Scheunenhof gekarrt worden; Die Comanchen waren wieder weiß geworden – auch wenn sie dabei eine Hautschicht verloren hatten –, und das Thema Achsenfett und Messingpolitur gehörte der Vergangenheit an. Mr. Carter hatte sich einmal beruhigt und jeglichen Groll aus seinen Gedanken verbannt. Als Anwalt mit Einfluss in hohen Positionen hatte er eine unerwartet angemessene Versicherung erhalten und fing an, die Angelegenheit als eine lustige After-Dinner-Geschichte zu betrachten. Aber Peter beharrte darauf, mürrisch zu sein. Obwohl seine Blasen an den Händen geheilt waren, waren seine verletzten Gefühle immer noch schmerzhaft. Als er seinen Arbeitgeber zum und vom Zug fuhr, erlaubte er sich nicht mehr das übliche freundliche Geschwätz; Seine Antworten auf alle Fragen waren respektvoll, aber nicht herzlich. Peter war fest entschlossen, Mr. Carter an seinem Platz zu halten. In der Zwischenzeit suchte er sehnsüchtig nach der Chance, „es zurückzubekommen". Und plötzlich bot sich ihm die Chance – sie fiel ihm geradezu in die Hände – eine Rache von so vollkommener Angemessenheit, dass Peter sich für dumm gehalten hätte, sie sich entgehen zu lassen.

Der jährliche Zirkus war da – die Nevin Brothers' Company of Trick Animals and Acrobats – und jede Werbetafel im Dorf war voller Bilder von Rajah, dem größten Elefanten in Gefangenschaft. Die Nevin Brothers beschränkten sich auf One-Night-Stands. Am Tag der Vorstellung hielt Peter, nachdem er Mr. Carter zum Bahnhof gefahren hatte, auf dem Heimweg bei Scanlan an, um den Schuh an Trixys offenem Hinterfuß festziehen zu lassen. Der Laden befand sich gleich um die Ecke von dem freien Grundstück, auf dem die Zelte aufgebaut wurden, und während er wartete, schlenderte Peter herüber, um zuzusehen.

Zu seiner Überraschung und Befriedigung entdeckte er, dass der Elefantentrainer ein Jugendfreund war. Arm in Arm mit dieser angesehenen Person ging er an der neugierigen Menge der Zuschauer vorbei in das Tierzelt, um einen privaten Blick auf Rajah zu werfen. Als er drinnen und außer Sichtweite war, stellte sich heraus, dass sein Freund ihm dankbar wäre, wenn Peter ihm einen Dollar leihen könnte. Peter hatte glücklicherweise nur fünfzig Cent bei sich; aber der Freund akzeptierte dies mit der gemurmelten Entschuldigung, dass der Chef seinen Lohn nur langsam weiterleitete. Er bezahlte die Schuld jedoch mehr als, indem er Peter einen Pass für sich und seine „Dame" überreichte, und Peter fuhr in einem angenehmen Glanz von Stolz und Erwartung nach Hause.

Er überreichte Annie den Pass und fuhr weiter zu den Ställen, wobei er den Stallknecht, der ihm beim Abspannen half, beiläufig darüber informierte, dass er mit Rajahs Trainer zur Schule gegangen sei und wünschte, er hätte für jedes Mal, wenn er ihn geleckt hatte, einen Dollar.

Gegen sieben Uhr abends, als Peter fröhlich von der pflaumenfarbenen Livree in die karierte Stadtkleidung wechselte, kam ein Telefonanruf aus dem Haus, in dem er den Waggonette und den Flitzer bestellte. „Ja, Sir, in fünfzehn Minuten, Sir", sagte Peter ins Mundstück, aber was er dem Stallburschen hinzufügte, hätte kaum zu Master Bobbys Anwesenheit gepasst. Er schlüpfte wieder in seine offizielle Kleidung und eilte in die Küche, um Annie die Neuigkeit zu überbringen.

„Es liegt an uns", sagte Peter düster. „Sie haben die beiden Bohrinseln bestellt, und sowohl Billy als auch ich müssen gehen – wenn es nur zehn Minuten früher gewesen wäre, hätten sie Joe erwischt, bevor er ausgestiegen ist."

„Es ist schade, und du mit dem schönen Pass!" sie trauerte.

„Warum zum Teufel sollten sie es sich in den Kopf setzen, um diese Nachtzeit durch das Land zu fahren?" er knurrte.

„Sie gehen selbst in den Zirkus!" sagte Annie. „Miss Ethel ist gerade dabei, eine Dinnerparty zu veranstalten. Ich habe Simpkins dabei geholfen, die Sachen weiterzugeben, und ich habe gehört, wie sie es geplant haben. Die ganze Menge ist hingegangen – alle außer Mrs. Carter; sie mag den Geruch der Tiere nicht." Aber Mr. Carter geht und alle vier Jungs – Master Augustus – waren im Bett und haben ihn angezogen. Sie lachen und machen weiter, bis man sie für verrückt hält Jasper tat so, als wäre er ein Eisbär und würde Meister Augustus auffressen.

„Mr. Carter geht?" fragte Peter ungläubig. „Und glaubt er, dass es mit der Würde seiner Position im Einklang steht, Zirkusse zu besuchen? Ich hätte es nicht von ihm geglaubt!"

„Er wird ihnen helfen, sie zu beaufsichtigen."

„Ich bin froh, dass es nicht zum Vergnügen ist. Ich möchte nicht daran denken, dass der ehrenwerte Jerome B. Carter so tief sinkt."

„Ich soll ihnen das Abendessen servieren, wenn sie nach Hause kommen, und ich werde etwas auf der Hintertreppe für dich bereithalten, Pete", rief sie ihm nach, als er sich abwandte.

Peter und Billy setzten ihre Passagiere am Eingang des Hauptzeltes ab und zogen sich zurück, um die Pferde am Zaungeländer anzuspannen. Um sie herum war eine Reihe verschiedener Fahrzeuge aufgestellt –

schlammbespritzte Bauernwagen, livrierte „Buggys" –, aber private Kutschen mit livrierten Kutschern fehlten auffällig. Peter konnte sich daher die Langeweile des Wartens nicht mit dem üblichen angenehmen Klatsch vertreiben; Was die Eröffnung eines Gesprächs mit Billy anbelangt, so hätte er lieber daran gedacht, eines mit dem nächsten Anhängepfosten zu beginnen. Billys Ideen standen auf Augenhöhe mit Billys Streitereien, und in jedem Fall war es eine Zeitverschwendung, sich mit ihm herumzuschlagen.

Peter saß eine Zeit lang da und beobachtete die Menge, die sich am Eingang drängte, während der Pass in seiner Tasche brannte. Dann kletterte er hinunter, untersuchte das Geschirr, streichelte die Pferde und blickte wehmütig zu den brennenden Fackeln auf beiden Seiten der Tür.

„Sag mal, Bill", bemerkte er in beiläufigem Tonfall, „du bleibst hier und beobachtest diese Pferde, bis ich zurückkomme. Ich werde einfach eintreten und mich kurz mit dem Elefantentrainer treffen. Setz dich auf den Schoß." Roben, und behaltet die Peitschen im Auge; es werden wahrscheinlich viele Diebe in der Nähe sein. Er fing an und hielt dann inne, um hinzuzufügen: „Wenn du die Pferde zurücklässt, komme ich zurück und gebe dir das schlechteste Tannin, das du jemals in deinem Leben hattest."

Er legte seinen Pass vor und wurde eingelassen. Die Show hatte noch nicht begonnen. Ein paar Clowns bewarfen sich in der Manege mit Sägemehl, aber das war offenbar nur eine Ouvertüre, um das Publikum bis zum großen Eröffnungsmarsch aller Tiere und aller Schauspieler in einer angenehmen Stimmung zu halten – der pünktlich stattfinden sollte um acht, aber schon zwanzig Minuten überfällig. Peter war sich bewusst, dass es nicht klug wäre, seinen Herrn ihn sehen zu lassen, und machte sich so unauffällig wie möglich. Versteckt hinter dem breiten Rücken eines deutschen Kneipenwirts trieb er mit der Menge in das Seitenzelt, wo die Tiere gehalten wurden.

Hier drängten lautstarke Schausteller ein zögerliches Publikum, in die Nebenausstellungen einzutreten, in denen es nur zehn Cent mehr zu sehen gab. Erdnuss- und Popcornverkäufer und Ganztagssauger trugen zum Getöse bei, während das Geplapper der Affen und das mürrische Murren eines großen Löwen einen berauschenden Unterton bildeten.

Auf der anderen Seite des Zeltes, in einer lachenden Gruppe um den Elefanten versammelt, erblickte Peter die Willowbrook-Party – die Damen in flauschigen, leichten Roben und Opernmänteln, die Herren in makelloser Abendkleidung. Sie waren offensichtlich nicht in ihrem Element, hatten aber eine sehr gute Zeit. Die Umstehenden hatten sie in einer Gruppe zurückgelassen und schenkten ihnen ebenso viel Aufmerksamkeit wie Rajah selbst. Der Elefant im scharlachroten und goldenen Gewand mit einer überdachten Plattform auf dem Rücken nahm Popcornbällchen aus der Hand von Meister Augustus entgegen, und Meister Augustus kreischte vor

Freude. Über all den anderen Geräuschen hinweg konnte Peter seinen ehemaligen Schulkameraden in eindrucksvollen Tönen deklamieren hören:

„Vierzehn Jahre alt und der größte Elefant in Gefangenschaft. Er wiegt über achttausend Pfund und frisst fünf Tonnen Heu im Monat. Meine Damen und Herren, genießen Sie die Aussicht von oben. Seien Sie nicht schüchtern. Es besteht nicht die geringste Gefahr.

Herr Harry Jasper und Meister Bobby nahmen die Einladung an. Sie stiegen die etwas wackelige Treppe hinauf, setzten sich einen Moment auf den roten Samtsitz und stiegen mit einer eleganten Verbeugung vor den lachenden Zuschauern sicher zu Boden. Dann forderten sie Herrn Carter auf, aufzustehen, aber er lehnte entschieden ab; Es war klar, dass seine Würde dieser Belastung nicht standhalten konnte.

„Steigen Sie vor, Sir", beharrte der Schausteller. „Vom Boden aus kann man seine Größe nicht erahnen. Es besteht nicht die geringste Gefahr. Wenn es ihm gut geht, ist er verspielt wie ein Kätzchen."

Miss Ethel und einer der jungen Männer drängten Mr. Carter vorwärts; und schließlich gab er mit einem albernen, herablassenden Lächeln seinen Mantel Meister Bobby zum Halten, seinen Spazierstock Meister Augustus, und nachdem er seinen Seidenhut fest auf dem Kopf platziert hatte, begann er mit sorgfältiger Überlegung den Aufstieg.

Peter, der sich in der Menge versteckte und in seiner Tasche den Dollar befingerte, den er ausgeben wollte, hatte plötzlich eine höllische Eingebung. Seine Rache breitete sich in verlockender Form vor ihm aus. Für einen vernünftigen Moment kämpfte er mit dem Gedanken, aber sein unbesiegbarer Sinn für Humor überwand jedes Zögern. Er schlüpfte hinter Rajah und winkte dem Trainer zu. Alle Augen waren auf Mr. Carters glänzenden Hut gerichtet, der sich langsam über die Menge erhob. Die beiden Männer berieten sich hastig im Flüsterton; Der Schein wechselte unauffällig den Besitzer, und Peter versank unbemerkt wieder in der Menge. Der Trainer erteilte einem der Bandmitglieder einen kurzen Befehl und nahm seine Position an Rajahs Spitze wieder ein.

Mr. Carter hatte inzwischen die Spitze erreicht, und mit einem Fuß auf der Plattform und dem anderen auf der oberen Runde der Leiter nahm er zustimmend seinen Blick aus der Vogelperspektive auf sich, während er denen unten leise Ausrufe zurief.

„Erstaunlich! Er muss einen Durchmesser von 1,80 m haben – und hat seine volle Größe noch nicht erreicht! Ein wunderbares Exemplar – wirklich wunderbar."

Rajah verlagerte plötzlich sein Gewicht von einer Seite auf die andere und die Leiter wackelte unsicher. Mr. Carter bereitete sich mit einem besorgten Blick auf den Boden zum Abstieg vor; aber der Wärter schrie in offensichtlich alarmiertem Ton:

„Nehmen Sie Ihren Fuß von der Leiter, Herr! Setzen Sie sich. Um Himmels willen, setzen Sie sich!"

Die Leiter schwankte unter seinen Füßen und Mr. Carter wartete auf keine Erklärung. Mit hektischem Griff nach dem rot-goldenen Schmuckstück setzte er sich hin, und die Leiter fiel mit einem dumpfen Knall zu Boden, sodass er auf Rajahs Rücken festsaß. Im selben Moment stimmte die Band „Yankee Doodle" an, und Rajah warf mit einer Kopfbewegung und einem aufgeregten Schütteln seines gesamten Körpers in einen schwerfälligen Zweischritt.

„Halten Sie ihn auf! Halten Sie ihn fest! Die Leiter – bringen Sie die Leiter!" schrie Mr. Carter. Seine Stimme ging im Trompetenschall unter.

Ohne auf weitere Befehle zu hören, stürzte der Elefant auf die Öffnung zwischen den beiden Zelten zu und tanzte an der Spitze einer langen Reihe vergoldeter Wagen und farbenfroher Festwagen in den Ring. Der große Eröffnungsmarsch aller Spieler und aller Tiere hatte begonnen.

Peter blickte auf die Willowbrook-Party. Sie stützten sich gegenseitig auf die Schultern und waren schwach vor Lachen. Er warf einen Blick in den Ring, wo sich Mr. Carters aristokratisches Profil im ruckartigen Einklang mit der Musik hob und senkte. Und im Schatten des Löwenkäfigs brach Petrus zusammen; Er schaukelte hin und her und umarmte sich in einer Ekstase der Heiterkeit. „Mensch! Oh, Mensch!" Er hat tief eingeatmet. „Werden Sie jetzt auf die Würde seiner Position achten?" In einem perfekten, seelenbefriedigenden Moment wurden vergangene Beleidigungen ausgelöscht und denen, die für die Zukunft geplant waren, vergeben.

Rajah vollendete den Rundgang und ging ruhmtrunken in zwei Schritten zurück in das Tierzelt. Ein halbes Dutzend Hände hielten die Leiter fest, während Mr. Carter, weiß vor Wut, zu Boden sank. Die Sprache, die er gegenüber den Wächtern verwendete, hätte, wie Peter mit Besorgnis bemerkte, niemals in Master Bobbys Gegenwart gesprochen werden dürfen.

Der Elefantentrainer wartete geduldig, bis der Herr stehen blieb, um Luft zu holen, dann nahm er seinen Hut ab und schlug in einem abwertenden Ton vor:

„Bitte verzeihen Sie, Sir, aber der Preis für die Leitung des großen Marsches beträgt bei der Abendvorstellung fünfzig Cent."

„Ich werde Sie verhaften lassen – ich werde eine einstweilige Verfügung erlassen und die ganze Show stoppen!" donnerte Mr. Carter, als er zum Eingang stolzierte.

Peter, der sich plötzlich seiner eigenen Gefahr bewusst wurde, schlüpfte hinter ihm hinaus. Er stieß mit Billy zusammen, der an der Tür herumstand.

„Also habe ich dich erwischt", zischte Peter. „Geht so schnell wie möglich zu den Pferden zurück", und er begann zu rennen und schob Billy vor sich her. Mr. Carter, der zum Glück nicht wusste, wo er die Kutschen finden sollte, torkelte auf der anderen Seite herum.

„Warum hast du es eilig?" keuchte Billy.

„Steh auf und halt den Mund", sagte Peter sentimental, während er ihn auf den Waggonette zuschoss. „Und ihr könnt den Heiligen für eine ganze Haut danken. Keiner von uns hat heute Abend seinen Platz verlassen – hörst du?"

Zu Billys Erstaunen sprang Peter in den Flitzer und schlief ein. Eine Sekunde später tauchte Mr. Carter neben ihnen auf.

„Peter? William?"

Sein Ton machte sie ruckartig aufmerksam. Peter rückte seinen Hut zurecht und blinzelte.

„Was, Sir? Ja, Sir! Bitte um Verzeihung, Sir; ich muss ‚geschlafen' haben."

Mr. Carter sprang auf den Sitz neben ihm.

„Fahren Sie zur Polizeistation", befahl er in einem Tonfall, der Billy einen Schauer über den Rücken laufen ließ.

„Ja, Sir. Whoa, Trixy! Zurück, zurück. Steh auf!" Er versetzte ihr einen Schlag mit der Peitsche, und sie rollten aus dem Kreis der lodernden Fackeln in die äußere Dunkelheit.

„Sie ist ein wenig scheu, Sir", sagte Peter in seinem altmodischen Plauderton. „Der Lärm des Klatschens war etwas Schreckliches; es hat den Pferden Angst gemacht, Sir."

Mr. Carter grunzte als Antwort und Peter umarmte sich in der Dunkelheit und lächelte. Er war wieder einmal voller herzlicher Wohlwollen gegenüber der ganzen Welt. Mr. Carter war jedoch zu wütend, um still zu bleiben, und so brach er bald in eine Verunglimpfung der gesamten Rasse der Schausteller aus und bediente sich eines Wortschatzes, den Peter ihm nie zugetraut hätte.

„Ja, Sir", stimmte der Bräutigam freundlich zu, „es stimmt, was Sie sagen. Sie sind alle Fälschungen, und diese Show heute Abend, Sir, ist die größte Fälschung von allen. Die Art, wie sie die Leute behandeln, ist furchtbar. Sie verlangen 50 Cent Eintritt und 25 Cent mehr für reservierte Plätze. Für jede der Nebenshows wird extra verlangt, und die sind nichts wert, Sir. Erdnüsse kosten 10 Cent pro Pint, obwohl man sie an jedem Stand für 5 Cent kaufen kann, und ihre Popcornbällchen sind altbacken. Ich selbst gehe nicht mehr zu Shows. Bei der letzten habe ich in 5 Minuten einen Dollar ausgegeben, Sir. Ich hatte eine gute Zeit und bereue das Geld nicht, aber es ist teuer für einen armen Mann."

Mr. Carter grunzte.

„Der schlechteste Verkauf, von dem ich je gehört habe", fügte Peter freundlich hinzu, „ist, fünfzig Cent zu verlangen, um beim großen Eröffnungsmarsch auf dem Elefanten zu reiten. Man hätte es nicht für möglich gehalten, dass irgendjemand das machen möchte, aber." Sie sagen mir, dass es keine Nacht vergeht, in der nicht jemand auftaucht und seine Würde so sehr vergisst …"

Mr. Carter blickte Peter mit einem Ausdruck schnellen Misstrauens an. Der Bräutigam beugte sich vor und untersuchte mit unschuldiger Besorgnis Trixys Gang.

„Whoa, ruhig, altes Mädchen! Sie hinkt wieder mit ihrem schlaffen Hinterfuß. Bei Scanlan wird sie nie richtig beschlagen, Sir. Glauben Sie nicht, dass ich sie morgens besser zu Gafney bringen sollte?"

Sie näherten sich dem Bahnhofsgebäude. Peter warf seinem Begleiter einen Seitenblick zu und nahm das Gespräch mit einem abfälligen Husten wieder auf.

„Ja, Sir, die Show ist eine Fälschung, Sir, kein Fehler. Aber wenn ich Sie wäre, Sir, würde ich nicht zu hart zu ihnen sein. Das wäre kein beliebter Schachzug. Wenn Sie darüber nachdenken „Ich wollte als Richter kandidieren", brach Peter ab und begann von neuem. „Entschuldigen Sie, dass ich es erzähle, Sir, ich habe sie neulich in Callahans Saloon sagen hören, dass sie Sie wohl für einen besseren Mann als Richter Benedict hielten, aber dass Sie zu hochnäsig waren. Das haben sie nicht getan. Es geht mir nicht darum, für einen Mann zu stimmen, der dachte, er sei zu gut, um sich unter sie zu mischen. Und so, Sir, Ihr Auftritt im Zirkus schien ein politischer Schachzug zu sein — ich weiß, dass Sie das getan haben Tun Sie es nicht mit Absicht, Sir, aber es wird Ihnen Stimmen einbringen.

Er hielt in einer weiten Kurve vor dem Bahnhofsgebäude, stellte die Räder fest und wartete.

Mr. Carter wirkte gedankenverloren. Schließlich stand er auf und sagte:

„Na ja, vielleicht hat es ja doch keinen Zweck. Du kannst zurückfahren und die anderen abholen. Ich habe es mir anders überlegt.“

V
DER AUFSTIEG VON VITTORIO

David MacKenna, der Gärtner am Jasper Place, war ein schottischer Mann. Er war widerspenstig, wenn er nüchtern war, und aktiv kämpferisch, wenn er betrunken war. Man kann ihm zugute halten, dass er nicht sehr oft betrunken war und dass er, wenn er betrunken war, klug genug war, Mr. Jasper aus dem Weg zu gehen. Aber eines Abends, nach einer längeren politischen Diskussion in Callahans Saloon, steuerte er unsicher über den Seitenrasen nach Hause, als Mr. Harry und zwei Freunde, die ihn besuchten, aus der Lücke in der Hecke auftauchten, die Jasper Place von Willowbrook trennte. Die Herren kamen von einem Abendessen zurück und trugen Abendkleidung. Sie ähnelten in keiner Weise Landstreichern; aber Davids Sicht war verschwommen und sein Kampfblut floss in die Höhe. Er besaß einen Arm voll feuchter Grasnarben und ging vorsichtig zum Angriff vor. Er war nicht in der Lage, ganz gerade zu zielen, aber die drei glänzenden Hemdbrustkanten machten ihm ein leichtes Ziel. Bevor sich seine Opfer von der Plötzlichkeit des Angriffs soweit erholt hatten, dass sie sich schützen konnten, hatte er drei Anzüge demoliert.

Am nächsten Morgen wurde David entlassen. Die anderen Arbeiter, sowohl bei Jasper Place als auch bei Willowbrook, schätzten die Gerechtigkeit des Urteils, waren aber bedauert, ihn gehen zu sehen. Davids streitlustiges Temperament und Davids bereitwillige Fäuste hatten dem gesellschaftlichen Verkehr mehr Schwung verliehen. Sie befürchteten, dass sein Nachfolger milder und weniger unterhaltsam sein würde. Der Nachfolger kam etwa drei Tage später, und Peter, der seine Ankunft auf der anderen Seite der Hecke beobachtete, stattete Patrick einen frühen Besuch ab, um zu sehen, wie er sei. Peter kehrte angewidert nach Willowbrook zurück.

„Er ist ein Dago! Ein plappernder Dago aus einem Graben. Er kann nicht mehr als zehn Worte sprechen und versteht nicht, was sie bedeuten. Mr. Harry hat ihn sich als friedlichen Bürger ausgesucht, der gewinnt." Ich verderbe keine Frackanzüge. Du nennst ihn einen Lügner, und er lächelt und sagt: „Ich habe dich versenkt!"

Vittorio machte sich mit der sonnigen, aus Liebe erzogenen Geduld an das Jäten seiner Blumenbeete. Was auch immer seine Schwächen in Englisch und den Kriegskünsten waren, zumindest verstand er sein Geschäft. Mr. Harry beobachtete seinen Schützling mit erfreuter Zustimmung. Theoretisch hatte er den italienischen Charakter immer bewundert, aber dies war das erste Mal, dass er seine Bewunderung tatsächlich auf die Probe stellte; und er gratulierte sich selbst, dass er endlich den idealen Gärtner mit der pastoralen Seele gefunden hatte, nach der er schon lange gesucht hatte. Herr Harry hatte selbst keine Rassenvorurteile und er ging davon aus, dass andere genauso breit gefächert waren.

Vittorios pastorale Seele fand jedoch bei seinen Kollegen weniger Anklang. Peter teilte nicht Mr. Harrys Begeisterung für das italienische Rennen und Peter beeinflusste die öffentliche Meinung sowohl in Jasper Place als auch in Willowbrook weitgehend.

„Es ist etwas Schreckliches", erklärte er, „wie dieses Land mit Dagos vollgestopft wird. Es sollte ein Gesetz geben, das ihnen die Einreise verbietet."

Was ihn betraf, weigerte sich Peter, Vittorio hereinzulassen; und der Mann war der sozialen Dunkelheit und der Gesellschaft seiner Pflanzen preisgegeben. Diese Ausgrenzung schien ihm jedoch nichts auszumachen, sondern er pfiff und sang bei seiner Arbeit mit unverminderter Fröhlichkeit. Sein kleines Englisch wurde bald zum Ziel der Lächerlichkeit, aber da er die Witze nie verstand, hegte er keinen Groll. Die einzige Sache, in der er auch nur die geringsten persönlichen Vorurteile zeigte, war die Tatsache, dass sie alle darauf beharrten, ihn „Tony" zu nennen.

„Mein Name ist nicht Tony", erklärte er geduldig ein halbes Dutzend Mal am Tag. „Mein Name Vittorio Emanuele, gleich-a de King."

Tony blieb jedoch.

Das Hauptanliegen des Mannes war es, Englisch zu lernen, und er war jedem, der ihm half, kindisch dankbar. Die Stallknechts zeigten großes Interesse an seiner Ausbildung; es galt als besonders lustig, ihm skurrilen Slang beizubringen. „Komm von deinem Platz, du alter Narr", war einer der Sätze, die er sich geduldig einprägte und die er später Mr. Harry mit lächelndem Stolz über seine eigenen Fortschritte wiederholte.

Herr Harry sprach mit Peter über das Thema.

„Ja, Sir", stimmte Peter leichthin zu, „es ist ekelhaft, welche Sprache diese Dagos aufschnappen. Ich kann mir nicht vorstellen, wo sie sie hören, Sir. Sie sind so vertraut, dass man ihnen keine Manieren beibringen kann." "

Mr. Harry ließ die Angelegenheit klugerweise fallen. Er kannte Peter und hielt es für das sicherste, Vittorio seine eigene Erlösung zu überlassen.

Mehrere der Scherze auf Kosten des Mannes hätten logischerweise in einer Schlägerei enden müssen. Hätte er den Fehdehandschuh auf sich genommen, selbst um den Preis einer Auspeitschung, hätten sie ihn respektiert – in dem Maße, wie Iren einen Italiener respektieren können –, aber nichts konnte ihn zum Handeln bewegen. Er schluckte Beleidigungen mit lächelndem Elan herunter, als würde ihm der Geschmack gefallen. Diese unerschütterliche Friedfertigkeit wurde als umso schändlicher empfunden, als er ein kräftiger Kerl war, der durchaus in der Lage war, für seine Rechte einzustehen.

„Er sieht nicht so schlecht aus", bemerkte Annie eines Tages, als sie und Peter zur Hecke schlenderten und den neuen Gärtner bei der Arbeit mit der Schere musterten. „Und zumindest ist er groß – das ist etwas. Normalerweise sind sie so klein, diese Augentalianer."

"Hm!", sagte Peter, "Größe ist kein Wert. Je weniger von einem Italiener zu sehen ist, desto besser. Seine Größe trägt nicht gerade zu seinem Mut bei. Du bist ein Feigling, Tony. Hast du das gehört?"

Ihre Kommentare waren in Vittorios Gegenwart vollkommen freimütig geäußert worden, während er lächelnd und unbekümmert eine Melodie aus „Fra Diavolo" summte. Sofern man seine Beleidigungen nicht in Kindergartensprache formulierte und sie ihm direkt ins Gesicht schoss, gingen sie unbeschadet an ihm vorbei.

„Du bist ein Feigling, Tony", wiederholte Peter.

„Kuh-ward?" Vittorio unterbrach sein Lied und strahlte sie mit einem Blitz aus schwarzen Augen und weißen Zähnen an. „Wie meinst du das, Kuh-ward? Kein Verständnis."

„Ein Feigling", erklärte Peter geduldig, „ist ein Mann, der Angst hat zu kämpfen – wie du. Augentalianer sind Feiglinge. Sie wagen es nicht, Mann gegen Mann zu treten und zu nehmen, was auf sie zukommt. Wenn sie" Ich habe einen Groll zu büßen, sie schleichen sich nachts an und stechen dir ein Messer in den Rücken. Das ist ein Feigling.

Vittorio war sich der beleidigenden Bedeutung dessen nicht bewusst, aber er klammerte sich voller Freude an das Wort. „Cow-ward, cow-ward", wiederholte er, um sich die Silben einzuprägen. „Schönes Wort! Sank dich." Dann, als endlich ein Schimmer von Peters Andeutung durchdrang, schüttelte er den Kopf und lachte. Der Vorwurf amüsierte ihn. „Ich bin kein Kuhhirte!" er definierte. „Kein Angstkampf, aber kein Kampf wie ein Kampf. Zu harte Arbeit." Er zuckte mit den Schultern und breitete die Hände aus. „Einfachere Pflege – eine Blume."

Die Subtilität dieser Erklärung war Petrus entgangen, und die beiden gingen ihrer Wege; Der eine beschäftigte sich glücklich mit dem Jäten und Beschneiden, der andere blickte verächtlich und verächtlich über die Hecke hinweg.

Peters Ideal der höchsten menschlichen Errungenschaft bestand darin, ein „wahrer Sport" zu werden. Sein Wortschatz war eher intensiv als umfangreich, und die wenigen Wörter, die er enthielt, bedeuteten viel. Der

Begriff „wahrer Sport" umfasste alle wünschenswerten Eigenschaften. Abstrakt bedeutete es Fähigkeit, Wagemut, Initiative, Kraft; es bedeutete, dass der Träger die Welt mit leichter, siegreicher Anmut angriff und – was der sicherste Beweis von allen war – dass er einer Niederlage nicht weniger als dem Erfolg mit gutem Herzen entgegensah. Konkret könnte ein echter Sport Polo spielen und Jagdhunde reiten, ein Auto oder einen Vierspänner fahren oder ein Boot segeln, schießen, schwimmen oder boxen. All diese Dinge und noch einige andere könnte Mr. Harry Jasper tun. Durch seine Beobachtung hatte Peters Definition so präzise gewonnen.

Auf dem Kaminsims des Billardzimmers im Jasper Place stand eine Reihe silberner Pokale, Relikte aus Mr. Harrys College-Zeit. Die Halle am Jasper Place zeugte von Mr. Harrys Geschick im Umgang mit dem Gewehr. Ein Elchkopf schmückte den Bogen, ein Grizzlybärenfell spannte sich vor dem Kamin, und ein aus dem Schlamm seines heimischen Nils gepflückter Krokodilkopf tauchte grinsend aus dem Kaminsims auf. Eines Tages reiste Mr. Harry nach Indien, um ein Tigerfell zu kaufen, das er über das Sofa legen konnte. In der Zwischenzeit begnügte er sich mit dem Entenschießen in der Great South Bay oder einem gelegentlichen Sprung in die Adirondacks.

Patrick hatte ihn auf der letzten dieser Reisen begleitet, und es war ein langjähriges Versprechen gewesen, dass Peter auch die nächste Reise unternehmen sollte. Ihr Lager sollte dieses Jahr in Kanada stattfinden, sobald die Saison für Karibus beginnt. Peters Herz hing an einem Karibu, und als der Sommer zu Ende ging, übte er eifrig mit dem Gewehr.

Herr Harry hatte unten am Strand von Jasper eine Zielscheibe aufgestellt – einen langen Streifen schlammigen Kieses, den die Bucht bei Ebbe freiließ – und den Männern die Erlaubnis zum Schießen gegeben. An einem Samstagnachmittag versammelten sich Patrick, Peter und Billy am Strand und vergnügten sich mit einem Gewehr und einer frischen Schachtel Patronen. Das Ziel war gut zweihundert Meter entfernt. Mit einem leichten Gewehr, wie es die Männer verwendeten, war es ein sehr schöner Schuss, einen der äußeren Ringe zu treffen, da das Volltreffer durch alles andere als einen glücklichen Zufall fast unmöglich war.

„Mr. Harry macht uns Konkurrenz", grummelte Peter, nachdem er in dem vergeblichen Versuch, seine Reichweite zu verbessern, mehrmals das Wasser hinter der Zielscheibe bespritzt hatte. „Du solltest lieber draußen bleiben, Billy. Das sind keine einfachen Schritte für kleine Füße."

Aber Billy bestand mit seiner gewohnten Souveränität darauf, es zu versuchen. Nach seinem zweiten Schuss rief Peter spöttisch:

„Pass auf, Pat! Es ist nicht sicher, hinter ihm zu stehen; er wird wahrscheinlich fast alles außer dem Ziel treffen."

Billy zog sich gutmütig zurück und beschäftigte sich mit der Führung der Punkte. Die Rivalität zwischen Peter und Patrick war groß. Letzterer war der ältere Mann im Gewehrschießen, aber Peter war der jüngere Mann und besaß das schärfere Auge. Sobald sie sich an die Distanz gewöhnt hatten, reihten sie sich ein und der Wettkampf wurde lebhafter. Plötzlich lief Vittorio, von den Schüssen angezogen, mit einer Gartenhacke in der Hand über die Wiese. Als er sah, was auf ihn zukam, ließ er sich ans Ufer fallen und beobachtete interessiert das Spiel. Patrick hatte die Nase vorn gehabt, aber sein letzter Schuss ging daneben und spritzte das Wasser links neben die Scheibe. Peter erreichte den inneren Ring und glich den Punktestand aus. Er war in Hochstimmung.

„Hallo, Tony!" rief er mit ungewohnter Freundlichkeit, während er innehielt, um nachzuladen. „Siehst du diesen Schuss? Ziemlich nah dran. Du weißt nicht, wie man schießt – nein? Augentaler benutzen Messer. Amerikaner benutzen Waffen."

Vittorio lächelte zurück, erfreut darüber, so frei in das Gespräch einbezogen zu werden.

„Ich schieße – ein besseres Datum. Du schießt nicht gerade, kein Treffer in der Mitte." Sein Ton war nicht prahlerisch; er ließ die Bemerkung lediglich als unparteiische Tatsachenbehauptung fallen.

Peter hatte das Gewehr an seine Schulter gehoben; Er ließ es wieder sinken, um zu starren.

„Was gibst du uns?" er forderte an. „Glaubst du, du kannst besser schießen als ich?"

Vittorio zuckte mit den Schultern. Er hatte keine Lust, Peters Gefühle zu verletzen, sah aber gleichzeitig auch keinen Anlass zu lügen.

„Natürlich schieße ich – ein besseres Datum", antwortete er freundlich. „Ich schieße – eine lange Zeit. Du weißt nicht, wie ähnlich – ich."

„Hier", sagte Peter und streckte dem Mann das Gewehr entgegen, „dann lass mich mal sehen, wie du es tust!

Vittorio sprang mit einer Miene überraschter Freude auf.

„Du hast mich erschießen lassen? Dich vernichtet! Verstümmelt!" Er nahm das Gewehr in die Hand und streichelte den Lauf mit einer fast liebevollen Berührung. Seine Augen waren eifrig wie die eines Kindes.

„Hier, Tony", warnte Peter, „wird nicht lustig mit der Waffe! Richtet sie auf das Ziel."

Vittorio hob das Gewehr und blickte mit zusammengekniffenen Augen über den Lauf. Dann, als ihm eine Idee kam, ließ er es wieder sinken und blickte die drei Männer mit seinem stets sonnigen Lächeln an. Er hatte einen sportlichen Vorschlag zu machen.

„Du schießt – ein besserer Ich, mein Name Tony. Ich schieße – ein besserer Du, mein Name Vittorio Emanuele, gleich – ein König. Du nennst mich Vittorio, ich verstehe, ich komme; du nennst mich Tony, ich nein." Verstehe, nein, komm.

Peter blieb trotz seiner Vorurteile seinen Idealen treu.

„Das ist ein Schnäppchen, Tony. Du hast mich beim Schießen geschlagen, und ich nenne dich jedes blühende Ding, das du willst – vorausgesetzt, ich kann mir die Zunge verdrehen."

Vittorios Blick suchte den von Patrick. Er nahm die Pfeife aus seinem Mund und grunzte.

„Alles klar!" sagte Vittorio. „Wir drehen – eine freie Zeit. Erst ich, dann du, dann du, dann wieder ich, so wie das."

Ohne weitere Umschweife warf er die Waffe auf seine Schulter, feuerte, ohne den Anschein zu erwecken, etwas zu sehen, und ließ die leere Patrone herausschnappen. Als sich der Rauch verzog, strebten die drei mit offenem Mund und Erstaunen nach vorne. Er hatte das Ziel genau in der Mitte getroffen.

„Beim Kaugummi! Er hat es geschafft!" Peter keuchte; dann, nach einer erstaunten Stille: „Nichts als Glück – er kann es nicht noch einmal tun. Gib mir die Waffe."

Peters Überraschung hatte seine Nerven nicht beruhigt; Sein Schuss ging weit daneben und er reichte das Gewehr schweigend an Patrick weiter. Patrick legte seine Pfeife hin, stellte die Füße fest auf und formte den Innenring. Er gab das Gewehr an Vittorio weiter und nahm seine Pfeife wieder auf. Patrick war eine phlegmatische Seele; Es bedurfte eines entschiedenen Schocks, um ihn zu Worten zu bewegen.

„Mal sehen, dass du es noch einmal machst", sagte Peter.

Vittorio hob das Gewehr und tat es noch einmal. Sein Verhalten war völlig gelassen; Er traf wie selbstverständlich ins Schwarze.

Peters Gefühle waren inzwischen zu kompliziert, um sie in Worte zu fassen. Er musterte den lässigen Vittorio einen Moment lang verwirrt und verwirrt, dann trat er ohne eine Bemerkung vor, um an die Reihe zu kommen. Er zielte lange und sorgfältig und erzielte den äußeren Ring. Er reichte Patrick das Gewehr, der es abwinkte.

"Ich bin raus."

„Geben Sie nicht nach", sagte Peter. „Du hast noch zwei Versuche. Wenn du ihn uns schlagen lässt, wird er so verdammt übermütig sein, dass es kein Leben mehr mit ihm geben wird."

Patrick ahmte das Schulterzucken des Italieners nach und reichte das Gewehr weiter. Vittorio kam zum dritten Mal an die Reihe und wurde von sechs Augen äußerst misstrauisch beobachtet. Sie konnten sich nicht vorstellen, wie eine solche Schießerei durch Tricks zustande kommen konnte, aber noch mehr, sie konnten sich nicht vorstellen, wie es ohne Tricks zustande kommen könnte. Diesmal zielte Vittorio sorgfältiger, traf aber mit unverminderter Präzision ins Schwarze.

„Das ist eine freie Zeit", bemerkte er und gab das Gewehr mit einem bedauernden Seufzer ab.

„Ich schätze, ich habe genug", sagte Peter. „Du bist Vittorio Emanuele, also ein de King, in Ordnung. Wir scheinen in deiner Klasse nicht zu traben. Wie hast du das gelernt?"

„Alle Italiener wissen, wie man schießt – lernen Sie es in der Armee. Ich schieße lange. Schieße auf Afrika."

"Afrika!" sagte Peter. „Warst du in Afrika?"

„Zweimal", Vittorio nickte.

„Was habt ihr da erschossen – Löwen?"

„Nein, kein Löwe." Vittorio hob abfällig die Schultern. „Nur ein Mann."

"Oh!" sagte Peter. Sein Ton war spürbar gedämpft.

Mr. Harry Jasper, der ebenfalls von der Schießerei angezogen war, kam am Strand entlang spaziert, um zu sehen, wie das Spiel lief, kam aber zu spät, um Vittorios spektakuläre Show mitzuerleben. Mr. Harry hielt sich für einen ziemlich guten Schützen; er hatte Peter oft geschlagen, und Peter hegte den leicht boshaften Wunsch, ihn einmal in seinem eigenen Spiel besiegen zu sehen.

„Oh, Herr Harry!" rief er unvorsichtig. „Wir haben versucht, dein Ziel zu treffen, wie du gesagt hast, und dieser neue Gärtner hier ist vorbeigekommen und wollte es versuchen. Für einen Eye-talianer ist er ein überraschend guter Schütze. Ja." Ich würde es nicht glauben, aber er hat Pat geschlagen und er hat mich geschlagen. Würde es Ihnen etwas ausmachen, einmal mit ihm zu schießen?

Peters Tonfall war etwas zu nachlässig. Mr. Harry blickte ihn misstrauisch an und blickte von ihm zu Vittorio, der mit liebenswürdiger Zurückhaltung zusah, ohne zu wissen, dass er Gegenstand der Diskussion war. Mr. Harry war den Prüfungen von Davids friedlichem Nachfolger gegenüber nicht völlig blind gewesen, und er war froh zu sehen, dass der Mann an die Spitze kam.

„Also hat er dich geschlagen? Wie kommt das, Peter? Ich dachte, du wärst stolz auf deine Schießerei."

„Ich bin ein bisschen aus der Übung", sagte Peter.

Mr. Harry ließ seinen Blick über Vittorios wohlgebaute Figur schweifen.

„Hast du in der Armee gedient, Vittorio?"

„Si, Signore, fünf Jahre."

„Welches Korps – *Bersaglieri* ?"

„Si, si!" Vittorios Gesicht strahlte. „Ich bin ein *Bersaglieri* . Woher weißt du das?"

„Danke für Ihr Interesse, Peter", lachte Mr. Harry. „Ich glaube nicht, dass ich heute mit ihm schießen werde. Ich bin selbst ein wenig aus der Übung."

Peters Gesicht war verwirrt.

„Die *Bersaglieri* ", erklärte Mr. Harry, „sind die Scharfschützen der italienischen Armee und eine gut ausgebildete Truppe. Sie und ich, Peter, sind Amateure; wir treten nicht gegen sie an, wenn wir wissen, was wir tun."
'sind ungefähr.'

„Er hat mir nichts davon erzählt, dass er ein Scharfschütze ist", sagte Peter schmollend. „Er sagte, er habe in Afrika gelernt."

"Afrika?" wiederholte Mr. Harry. „Hast du den Feldzug in Abessinien mitgemacht, Vittorio?"

Der Mann nickte.

„Sicherlich nicht in Adowa?"

Ein schneller Schatten huschte über sein Gesicht.

„Si, Signore", sagte er einfach; „Ich kämpfe bei Adowa."

"Du lieber Himmel!" Herr Harry weinte. „Der Kerl hat gegen Menelik und die Derwische gekämpft." Er blickte die anderen drei an, seine Hand auf Vittorios Schulter.

"Sie wissen nicht, was das bedeutet? Sie haben noch nie von Adawa gehört? Es bedeutet, dass dieser Kerl hier die erbittertste Schlacht erlebt hat, die jemals auf afrikanischem Boden geschlagen wurde. Er wurde geschlagen – die Chancen gegen ihn waren zu gering –, aber es war eine der tapfersten Niederlagen der Geschichte. Die Italiener waren drei Tage lang durch brennende Wüsten in einem feindlichen Land marschiert, mit halben Rationen und fast ohne Wasser. Am Ende dieser Zeit hatten sie einen Gewaltmarsch von dreißig Kilometern bei Nacht hinter sich, über Hügel und Schluchten, die so unwegsam waren, dass die Kanonen oft von Hand getragen werden mussten. Dann, so wie sie waren, erschöpft und hungrig, ohne Hoffnung, was den Ausgang anging, wurden sie aufgefordert, sich einem Feind zu stellen, der sechsmal größer war als sie selbst – wohlgemerkt keinem zivilisierten Feind, sondern heulenden Derwischen – und sie taten es, ohne mit der Wimper zu zucken. Es gibt keinen Mann, der Adawa durchquerte, ohne als Held daraus hervorzugehen."

Vittorio hatte sein Gesicht beobachtet; hier und da hatte er ein Wort mitbekommen. Plötzlich streckte er vor Aufregung die Arme aus und seine Augen strahlten bei der Erinnerung an den Kampf.

„Das stimmt! Menelik, böser König – böser Krieg. Nicht so – eine Dosis Leute – ich. Ich schieße – so schnell wie das." Er schnappte sich das Gewehr und kauerte sich hinter einen Felsen; In der Pantomime tötete er ein Dutzend Feinde in ebenso vielen Sekunden. Er warf das Gewehr weg und sprang auf. „Nicht genug Patronen! Nein, ich kann nicht mehr schießen. Dann bekomme ich eine Wunde; lüge wie ein Dis." Er ließ die Arme sinken und ließ den Kopf hängen. „Wie sagt man? Müde? Ja, sehr müde wie ein Baby. *Santissima Virgine!* Ich kann mich nicht bewegen, ich blute so sehr. Die Sonne ist sehr heiß – kein Wasser – sehr durstig. Das kommt – eine Dosis Leute. Sie haben mich zerschnitten."

Er riss sein Hemd auf. Eine breite Narbe erstreckte sich von seiner Schulter über seine Brust. Er hob sein Haar und zeigte eine Narbe hinter seinem Ohr, eine weitere auf seiner Stirn.

„Si, Signore, am ganzen Körper haben sie mich zerschnitten!"

Mr. Harry runzelte die Stirn.

„Ja, ja, ich weiß. Es war schrecklich! Du hast großartig gekämpft, Vittorio – es tut mir leid, dass du nicht für sie gekämpft hast. Ihr seid mutige Kerle, ihr Italiener. Es ist eine großartige Sache, durch Adowa gegangen zu sein, so etwas." Ich bin froh, dass du dort warst. Er warf Peter einen scharfen Blick zu, dann nickte er und wandte sich ab.

Peter musterte Vittorio mit einem neuen Ausdruck in seinen Augen. Die momentane Aufregung des Mannes war verflogen; er war wieder sein altes, ruhiges, sonniges Ich.

„Ich schätze, wir haben einen Fehler gemacht", sagte Peter und streckte seine Hand aus.

Vittorio schüttelte es gefällig, da dies zu erwarten schien, aber er tat es mit lächelndem Unverständnis. Er hatte nie gewusst, dass er beleidigt worden war, und er wusste nicht, dass Wiedergutmachung notwendig war. Es folgte eine Pause, während die drei Männer Vittorio anstarrten und Vittorio in die Sonne blickte, die sich dem westlichen Horizont näherte.

„Sechs Uhr!" „, rief er und erkannte plötzlich, dass die Pflicht ihn rief. „Ich gehe Blumen gießen." Er schulterte seine Hacke und wandte sich ab, hielt aber inne und fügte hinzu, den Blick wehmütig auf das Gewehr gerichtet: „Du hast mich eines Tages schießen lassen? Du hast dich versenkt. Auf Wiedersehen."

Peter sah ihm nach und schüttelte den Kopf.

„Und zu denken, dass er ein Dago ist! Ich schätze, wenn du verstehen könntest, worüber sie reden, würdest du in der Hälfte der Zeit feststellen, dass sie genauso vernünftig reden wie alle anderen. Das ist komisch", überlegte er. „Wie viele Menschen sind sich ähnlich, egal aus welchem Land sie kommen." Er nahm das Gewehr und steckte die Patronen in seine Tasche. „Beweg dich, Billy. Es ist Zeit, dass wir die Pferde füttern."

VI
FÜR LÖSE GEHALTEN

Peter war ein sorgloser, verantwortungsloser junger Bräutigam und wurde plötzlich von vielen und vielfältigen Ängsten geplagt. Es begann damit, dass Joe durch die Falltür im Eiskeller fiel und sich das Bein brach. Während er sich ungeduldig im Krankenhaus erholte, wurde Peter zum Leiter der Ställe ernannt. Der Unfall ereignete sich nur kurze Zeit nach dem Brand des Waggonschuppens und Peter war entschlossen, seinen guten Namen in Mr. Carters Augen wiederzuerlangen. Die Achsfett-Episode blieb ein schwarzer Fleck in seiner Karriere. Die drei Brainard-Jungen waren immer noch in Willowbrook, aber ihr Besuch sollte in einer Woche zu Ende gehen, und inzwischen waren auch sie in einer verhaltenen Stimmung. Peter markierte auf der unteren Wiese einen Diamanten und sah mit unendlicher Erleichterung, wie sie sich dem harmlosen Streben nach Baseball widmeten. Wenn ihre Begeisterung nur eine Woche lang anhalten könnte, wäre der Wagenschuppen seiner Meinung nach bei dem Preis billig.

Doch obwohl die Jungen glücklicherweise ruhig blieben, verliefen Peters Privatangelegenheiten nicht so reibungslos. Er hatte neben dem bloßen Ehrgeiz noch einen weiteren Grund, sich als fähig zu erweisen, in der ungewissen Zukunft, in der Joe zurücktreten würde, das Kommando zu übernehmen. Bislang war die Aussicht, Kutscher zu werden, unumschränkter Herrscher über drei Pferdeknechte und zwei Stallburschen, ein ausreichendes Ziel an sich gewesen; Aber in letzter Zeit hatten Visionen vom mit Weinreben bewachsenen Kutscherhaus mit einem fröhlichen kleinen Garten davor und von Annie, die auf der Veranda nähte, das alte Bild von ihm verdrängt, wie er hochmütig über seine fünf Untergebenen kommandierte. Er hatte jedoch nicht gewagt, Annie diesen Traum vorzuschlagen. Seine übliche kühne Unverschämtheit, die ihn bei ihren Vorgängern beliebt gemacht hatte, schien ihn im Stich gelassen zu haben, und in ihrer Gegenwart verstummte er. Peter war schon früher von vielen fehlgeleiteten Fantasien besessen gewesen, aber noch nie von einer solchen Besessenheit. Er ging seiner Arbeit nach, blind für alles außer der Erinnerung an ihr Gesicht. Als er in die Haferkiste spähte, war es Annie, die er sah; Sie lächelte ihn von den polierten Seiten des Ketten-Phaetons und vom Boden jedes Wassereimers aus an. Sie machte ihn gleichzeitig glücklich und unglücklich, frohlockend und ängstlich. Der arme Dachs-Peter wusste jetzt, wie es sich anfühlte, eine Bachforelle zu sein, wenn ein geschickter Angler die Rolle managt.

Dieser Wechsel von Hoffnung und Furcht war für jemanden, der sich mit ganzem Herzen auf seine Pflichten hätte konzentrieren sollen, hinreichend beunruhigend, aber für den Zustand, der darauf folgte, hatte es keinen

Einfluss. Ihr Streit fiel aus heiterem Himmel. An einem Sonntagnachmittag hatte er sie zu einem beliebten Vergnügungspark mitgenommen, der nur eine Straßenbahnfahrt von Willowbrook entfernt lag, und Erfrischungen an einem Ort vorgeschlagen, an den er sich aus dem Jahr zuvor erinnerte. Es wurde das „Herz Asiens" genannt und stellte, wie der Mann mit dem Megaphon verkündete, den Harem eines einheimischen Prinzen dar. Der Raum war mit farbenprächtigen Vorhängen aus Gold und Purpur geschmückt und von farbigen Laternen, die von der Decke hingen, schwach beleuchtet. Die Erfrischungen wurden von Mädchen serviert, die als „tscherkessische Schönheiten" bezeichnet wurden, deren Sprache jedoch einen keltischen Ursprung verriet.

Peter suchte sich einen abgelegenen Tisch und bestellte Streifeneis. Er hatte gedacht, der Ort sei besonders romantisch, aber Annie war zu aufgeregt über ihre erste Begegnung mit dem Glanz des Orients, als dass sie auf etwas anderes als ihre Umgebung achten konnte.

„Ist sie nicht wundervoll?", flüsterte Annie, als eine zirkassische Schönheit in Grün und Gold durch ihr Blickfeld lief.

Peter zuckte blasiert und weltmännisch die Achseln.

„Es sind die Farbe und das Pulver und die Kleidung und die Lichter", sagte er skeptisch. „Bei Tageslicht, mit ihren eigenen Kleidern an, würde sie nicht so anders aussehen als Sie."

Dies war keine rein politische Erwiderung, aber er meinte es gut, und im Moment war Annie zu verwirrt, um in nörgelnder Stimmung zu sein. Das wunderschöne Geschöpf kam näher und stellte ihr Eis auf den Tisch. Sie wandte sich gerade ab, nachdem sie einen flüchtigen Blick darauf geworfen hatte, ob sie Löffel, Eiswasser und Papierservietten hatten, als ihr Blick auf Peter fiel. Ihr zweiter Blick war nicht so beiläufig; es blieb für einen Moment auf seinem Gesicht. Peter hatte den Ort nur einmal in seinem Leben besucht, und zwar im Sommer zuvor, als er eine unbedeutende halbe Stunde damit verbracht hatte, das Mädchen zu ärgern, das ihn bediente. Der Vorfall war völlig aus seinem Gedächtnis verschwunden; aber das Mädchen hatte ein teuflisches Gedächtnis und eine Vorliebe für Unfug.

„Hallo, Peter Malone!" Sie lachte. „Du warst in letzter Zeit nicht viel da. Ich schätze, du magst mich nicht mehr."

Peters Gesicht nahm – aus keinem Grund, außer weil er Annies fragende Augen auf sich spürte – eine lebhafte Röte an. Annie richtete ihren Blick auf sie und betrachtete die tscherkessische Schönheit aus nächster Nähe. Nach einigen weiteren Erinnerungen, die ihrerseits kühn weitläufig, bei Peter schroff einsilbig waren, zog sich das Mädchen mit einem Abschiedslachen über die Schulter zurück; und Annies Augen kehrten zu Peter zurück, ein unheilvolles Funkeln in ihren Tiefen.

„Ich habe hier alles bekommen, was ich wollte", bemerkte sie und schob ihre Eisschale weg.

Peter folgte ihr nach draußen und spürte eine kühle Veränderung in der Atmosphäre. Er wagte sich ängstlich an eine Erklärung, aber je mehr er erklärte, desto unangemessener wurde der Vorfall in den Vordergrund gerückt.

„Du brauchst dich nicht zu entschuldigen", sagte Annie in einem völlig freundlichen Ton. „Du hast das vollkommene Recht, überall hinzugehen, wo du willst, und jeden zu kennen, den du willst. Das geht mich nichts an."

Sie wünschte ihm mit fröhlicher Zurückhaltung eine gute Nacht und dankte ihm höflich für einen „interessanten Nachmittag". Ihr Verhalten deutete darauf hin, dass es keinen Grund zum Streit gab; sie hatte sich in ihrer Einschätzung von Peter geirrt, aber das war nicht seine Schuld; in Zukunft würde sie klarer sehen können. Diese durchaus vernünftige Haltung konnte Peter nicht beruhigen. Er verbrachte eine schlaflose Nacht, geteilt zwischen Schimpfwörtern, wenn er an die tscherkessische Schönheit dachte, und Besorgnis, wenn er an Annie dachte.

Am Morgen verdichtete sich die Parzelle.

Ein vierter Jugendlicher verbrachte ein paar Tage in Willowbrook – ein weiterer Brainard, Cousin der drei, die bereits dort waren; aber glücklicherweise war er erst dreizehn Monate alt und hatte noch nicht laufen gelernt. Peter nahm die Ankunft unbesorgt hin und hätte nie gedacht, dass die Anwesenheit dieses jungen Herrn seinen eigenen Seelenfrieden in irgendeiner Weise beeinträchtigen könnte. Das Baby hatte jedoch seine Amme verloren, und während sie auf der Suche nach einer neuen waren, meldete sich Annie freiwillig als Ersatz. Am Morgen nach ihrem Besuch im Herzen Asiens saß sie auf einer rustikalen Bank unter einem Apfelbaum im Rasen, den Kinderwagen an ihrer Seite. Der Baum war durch ein Gebüsch vom Haus abgeschirmt, war aber von den Ställen aus gut sichtbar. Es grenzte auch direkt an das Gelände von Jasper Place, und heute Morgen schnitt Vittorio durch einen glücklichen Umstand die Hecke.

Es war Peter nie in den Sinn gekommen, Vittorio als möglichen Rivalen zu betrachten; Aber jetzt fiel ihm plötzlich auf, dass der Mann gut aussah – nicht nach seinen eigenen Idealen, sondern auf theatralische, exotische Weise, die sicher die Aufmerksamkeit einer Frau auf sich ziehen würde. Ihm fiel auch auf, dass Vittorios Unterhaltung unterhaltsam war – wiederum aus der Sicht einer Frau. Der Anblick eines breitschultrigen, ausgewachsenen Mannes, der sich mit dem kindlichen Akzent eines dreijährigen Kindes unterhielt, hatte etwas Pikantes. Peter ging an diesem Tag seiner Arbeit nach und war sich des Nebenspiels, das sich unter dem Apfelbaum abspielte, bitter bewusst. Annie hatte es sich zur Aufgabe gemacht, Vittorio Englisch beizubringen, und der Unterricht wurde durch den klaren Klang ihres fröhlichen Lachens unterbrochen.

Am Abend wurde der Mann auf die hintere Veranda gelockt, wo er auf der obersten Stufe saß und zu seiner Mandoline-Begleitung Serenaden sang, während die Mägde voller Begeisterung zuhörten. Sogar Miss Ethel spendete ihren Applaus; Als sie die Musik hörte, lud sie Vittorio mit seiner Mandoline und seinen italienischen Liebesliedern auf die Veranda, um ihre Gäste zu unterhalten. Peter, der nie eingeladen worden war, Miss Ethels Gäste zu bewirten, schluckte diesen jüngsten Triumph mit aller Anmut hin. Die Ironie der Sache bestand darin, dass es Peter selbst gewesen war, der Vittorio als Erster aus der gesellschaftlichen Vergessenheit gerettet hatte und der gegenüber den anderen Skeptikern darauf beharrt hatte, dass es dem Mann „gut" ginge, trotz des Unglücks, in Italien geboren zu sein statt in Irland. Er hatte nicht gehofft, so völlig beim Wort genommen zu werden.

In dieser sympathischen Atmosphäre breitete sich Vittorio aus wie eine Blume im Sonnenlicht. Er war plötzlich ein sozialer Löwe geworden. Seine lustigen Sprüche wurden von Mund zu Mund weitergegeben und alle Anwesenden begannen, sich auf Italienisch-Englisch zu unterhalten.

„Äh, Peta!" Billy begrüßte ihn eines Nachmittags: „Mees Effel, sie will mitfahren. Sie will auch mitfahren. Ich sattele eine Dosis Pferd?"

„Ach, lass nach!" Peter knurrte. „Wir hören genug Dago reden, ohne dass sie gutes Englisch können und sich lächerlich machen."

Während Peters private Sorgen so schwer auf ihm lasteten, wuchs seine offizielle Verantwortung. Mr. Carter wurde geschäftlich abberufen. Am Morgen der Abreise, als sie sich auf den Weg zum Bahnhof machten, rannte Miss Ethel mit einem vergessenen Regenschirm hinter ihnen her. „Pass auf dich auf, Papa!" Sie gab ihm einen Abschiedskuss und stand auf der Veranda und wedelte mit ihrem Taschentuch, bis die Kutsche außer Sichtweite war. Mr. Carter ließ sich seufzend in den Kissen nieder.

„Was wäre das für eine Welt ohne Frauen!" er murmelte.

„Ja, Sir", stimmte Peter düster zu, „und, ich bitte um Verzeihung, was für eine schreckliche Welt es mit ihnen ist, Sir."

Die folgenden Tage bestärkten diese Meinung. Vittorios Ausbildung machte Fortschritte, während Annie immer noch ihre Haltung überlegener Zurückhaltung beibehielt. Ihr Verhalten war freundlich – genauso freundlich zu Peter wie zu allen anderen Männern. Die Unfassbarkeit des Streits machte ihn am schwersten zu ertragen. Hätte er jemanden geschlagen, hätte es ihn beruhigt, aber fairerweise musste er zugeben, dass der „Dago" keine Schuld trug. Die Annäherungsversuche kamen offensichtlich von Annies Seite.

Mittlerweile war jedoch eine neue Komplikation aufgetreten, die gewissermaßen reizlindernd wirkte. Kaum war Mr. Carters Zug außer Hörweite, begannen die außergewöhnlichsten Kleindiebstähle. Es konnte nirgends über den Ort berichtet werden, dass er sofort verschwand. In der Nachbarschaft waren mehrere armenische Frauen gewesen, die Spitzen verkauft hatten, und Peter hätte das vermutet, wenn die Liste der gestohlenen Artikel nicht so ungewöhnlich gewesen wäre. Es umfasste die Wäscheleine, ein halbes Dutzend Laken und den Waschkessel, sechs Gläser Marmelade aus dem Keller und etwas Brot und Kuchen aus dem Fenster der Speisekammer, ein Bündel Stöcke zum Trainieren der Tomatenpflanzen und Master Wallaces Buchstabierbuch (er musste in den Ferien lernen und ertrug den Verlust mit Gelassenheit), ein japanischer Regenschirmhalter von der Veranda, ein Paar Schoßmäntel aus dem Stall und als letztes, unheimlichstes Detail von allen, die Familienbibel ! Dieses hatte auf dem Unterregal des Tisches im Bibliotheksfenster gestanden, wo es von außen leicht zu erreichen war; Aber wie Petrus benommen die Welt im Allgemeinen fragte: „Warum zum Teufel sollte irgendjemand eine Bibel mitnehmen wollen? Es kann ihm nichts nützen, wenn sie gestohlen wird."

Es war Annie, die diese letzte Verwüstung beim täglichen Staubwischen entdeckt hatte. Bislang hatte die Familie den Verlust eines der Artikel noch nicht bemerkt, und Peter hatte gezögert, dies zu melden, da er befürchtete, die Angelegenheit könnte sich auf seine eigene Feldherrschaft auswirken. Keines der Dinge war sehr wertvoll, und er hatte jeden Tag damit gerechnet, den Dieb zu finden. Die Jungs wussten jedoch Bescheid und freuten sich offen über die Situation. Alles, was einem Mysterium nahe kam, war für sie Speise und Trank. Sie gaben das Baseballspiel auf und widmeten sich ganz der Betrachtung des Rätsels.

An dem Tag, an dem die Schoßmäntel verschwanden, waren sie in einer Gruppe vor dem Stall versammelt, Peter lehnte sich in einem alten Sessel zurück und zog wütend an seiner Pfeife, mit einem doppelten Stirnrunzeln über die gesamte Länge seiner Stirn, während die vier Jungen aufgeregt auf der Bank saßen , plappernde Reihe.

„Vielleicht spukt es hier!" Meister Jerome brachte den Vorschlag mit großen Augen vor.

„Hat nichts heimgesucht", knurrte Peter. „Es war ein hübscher lebendiger Geist, der in den zwei Minuten, in denen der Stall leer war, mit seinen Schoßmänteln davonkam."

„Das waren die Alten", tröstete ihn Bobby. „Zumindest war es nett von ihm, nicht die besten zu nehmen, wenn sie genauso praktisch waren."

„Glaubst du, es sind Zigeuner?" Meister Augustus stellte die Frage mit einem ängstlichen Blick über die Schulter. Man hatte ihm erzählt, dass Zigeuner böse kleine Jungen entführt hätten.

„Ich weiß nicht, was es ist", sagte Peter mürrisch, „aber wenn ich jemals jemanden erwische, der an diesem Ort herumschnüffelt und nicht das Recht hat, herumzuschnüffeln –" Der Satz endete in bedrohlichem Schweigen.

Die vier Jungen sahen einander an und schauderten vor Freude.

„Es ist wie ein Buch", erklärte Meister Wallace. „Der Schurke hat uns auf Schritt und Tritt vereitelt."

„Lasst uns ein Detektivbüro gründen!" Bobby war der Situation gewachsen. „Sie können Chef der örtlichen Polizei sein, Peter. Und da Sie feststellen, dass Sie das Rätsel nicht lösen können, haben Sie eine Privatdetektivtruppe zu Hilfe gerufen – das sind wir. Jerome, Wallace und ich können Detektive sein, und Augustus kann es." Sei Polizist.

„Ich möchte auch Detektiv werden", wandte Augustus ein.

„Es ist schön, Polizist zu sein", beruhigte Bobby. „Wenn wir den Dieb aufgespürt haben, rufen wir Sie an und sagen: ‚Offizier, legen Sie diesem Mann Handschellen an!' und du wirst sie ihm am Handgelenk zerbrechen und ihn ins Gefängnis bringen.

"In Ordnung!" stimmte Augustus zu. „Gib sie mir."

„Später, wenn wir ihm auf der Spur sind", sagte Bobby. „Jetzt, Peter, solltest du eine Kampagne planen. Natürlich wird von dir nicht erwartet, dass du etwas herausfindest, die örtliche Polizei tut das nie; aber nominell stehen wir unter deinen Befehlen, also musst du uns sagen, dass wir jemanden beschatten sollen. "

Peter hatte nur halb ins Leere gestarrt, um sich ihrem Geschwätz zu widmen. Bobby joggte mit dem Ellbogen.

„Pass auf, Peter! Wir warten auf Befehle. Du solltest zwei Männer in Zivil abkommandieren, die die Tore bewachen, und ich denke, es wäre gut,

Vittorio zu beschatten. Er ist ein Ausländer, wissen Sie, vielleicht ist er ein Fremder „Ich würde mich nicht wundern, wenn er vorhatte, die Ställe in die Luft zu jagen", fügte er im Nachhinein hinzu, „es ist irgendwie hart, einen Mann zu beschatten, der den ganzen Tag an der Hecke steht und mit Annie redet."

Peters Stirnrunzeln verfinsterte sich, als sein Blick zu der rustikalen Bank unter dem Apfelbaum wanderte. Er hatte nicht mehr viel Lust, sich die Zeit mit den Jungen zu vertreiben, aber er raffte sich auf und sagte:

„Ich werde Ihnen die Einzelheiten des Falles übergeben, Master Bobby. Bewachen Sie die Tore und beschatten Sie jeden, der verdächtig erscheint. Ich fahre Joes Frau heute Nachmittag ins Krankenhaus. Sie können sich um sechs Uhr melden, wenn ich zurückkomme."

Die vier standen auf und salutierten; Sie berieten sich flüsternd und schlichen vorsichtig in verschiedene Richtungen davon. Mit einem schwachen Lächeln sah Peter zu, wie sie außer Sichtweite waren, und drehte sich dann hinein, um anzuhängen. Die Damen der Familie verbrachten den Tag in der Stadt auf einer Einkaufstour im Hochsommer, sodass er keine Angst vor irgendwelchen Forderungen aus dem Haus hatte. Er rief den Unterpfleger an, befahl ihm strikt, die Ställe keine Minute allein zu verlassen, und fuhr weiter zum Cottage, um Joes Frau abzuholen. Sie packte einen Korb für den Kranken hinten in den Wagen und kletterte neben Peter hinauf.

„Ich hole ihm etwas zu Essen", erklärte sie. „Sie geben ihm nicht genug Nahrung für ein Kätzchen. Ein Mann von Joes Größe kann seine Kräfte nicht mit Rindfleischtee und weichgekochten Eiern aufrechterhalten."

Als sie durch das Tor fuhren, sprang vor dem Kopf der erstaunten Trixy eine kleine Gestalt aus dem Gebüsch hervor.

„Es tut mir leid, Sie festzuhalten", sagte Bobby mit würdevoller Zurückhaltung – sein Gesichtsausdruck deutete darauf hin, dass er Peter noch nie zuvor gesehen hatte – „aber mein Befehl lautet, jede Person zu durchsuchen, die das Gelände verlässt."

„Herr, ich liebe dich, Meister Bobby! Was spielst du gerade?" fragte Joes Frau mit großen Augen und Erstaunen.

„Ich bin Robert Carter vom Secret Service", sagte Bobby eisig, als er zum hinteren Teil des Wagens ging und mit der Suche begann. „Ha! Was ist das?" Er hob das Handtuch, das den Korb bedeckte, und spähte misstrauisch hinein. Es enthielt zwei Kuchen, eine Menge Donuts und ein Glas Kirschkonfitüre. „Madam, darf ich fragen, woher Sie diese Artikel haben?" Sein Verhalten war so streng, dass sie ihre Antwort mit der Miene überführter Schuld stammelte.

„Ich – ich habe sie selbst gemacht. Sie sind für Joe im Krankenhaus."

"Hm!" sagte Bobby. „Da sie für wohltätige Zwecke bestimmt sind, werde ich nicht das gesamte Los beschlagnahmen." Mit ernstem Ernst nahm er zwei der süßesten Donuts heraus und steckte sie in seine Tasche. „Diese werden ausreichen, um zusammen mit einer Beschreibung der übrigen im Hauptquartier ausgestellt zu werden. Bitte geben Sie mir Ihre Namen und Adressen."

Peter gehorchte allen Ernstes. Offensichtlich handelte es sich um einen Fall von Doppelpersönlichkeit; Er vertrat die örtliche Polizei nur, wenn er nicht als Kutscher tätig war. Er fuhr mit einem amüsierten Grinsen weiter. Schließlich fügten die Jungen und ihre Eskapaden der langweiligen Routine des Alltags eine Würze an Abenteuern hinzu, die den meisten Haushalten des 20. Jahrhunderts fehlte; Die Unterhaltung, die sie boten, entschädigte für den Ärger, den sie verursachten.

Drei Stunden später setzte Peter Joes Frau an der Tür der Hütte ab und fuhr weiter zu den Ställen. Als er um die Ecke bog, sah er eine aufgeregte Gruppe, die sich unter dem Apfelbaum versammelt hatte, wo er Annie und ihre Kindergartenklasse zurückgelassen hatte.

"Da ist er!" rief Nora. „Peter! Komm schnell her."

Peter warf die Leinen einem benachbarten Stallknecht zu – demjenigen, dem gesagt worden war, er solle die Ställe nicht verlassen – und schloss sich eilig dem Kreis an. Er fand Annie zusammengebrochen auf ihrer Bank neben dem Kinderwagen, hin und her schaukelnd und krampfhaft schluchzend, während die anderen Diener sich um sie drängten.

"Was ist los?" Er hat tief eingeatmet.

„Sie haben das Baby gestohlen!" Annie jammerte.

Peter spürte, wie ihm ein kalter Schauer über den Rücken lief, als er in den leeren Waggon spähte. Einen Moment lang schwieg er und bemühte sich, den ganzen Schrecken dieser Tatsache zu begreifen; Dann legte er eine Hand, nicht allzu leichtfertig, auf Annies Schulter und schüttelte sie in einen Zustand der Kohärenz.

„Hör auf mit deinem Lärm und sag mir, wann es passiert ist."

„Gerade eben! Erst vor ein paar Minuten. Das Baby hat geschlafen, und Vittorio hatte ein paar neue Blumen im anderen Bett, und er wollte, dass ich ihm ihren Namen sage. Ich war nicht länger als fünf Minuten weg , und als ich zurückkam, schaute ich hinein, um zu sehen, ob es dem Baby gut ging, und der Wagen war leer!

Annie vergrub ihren Kopf in ihren Armen und begann erneut zu schluchzen. Peters Gesicht spiegelte die Leere der anderen wider.

„Herr! Das ist schrecklich! Was wird seine Mutter sagen?"

Annies Schluchzen verstärkte sich bei diesem quälenden Gedanken.

„Das sind diese armenischen Spitzenfrauen", warf Nora ein. „Meister Bobby sagt, sie seien Zigeuner, die ständig Babys stehlen und sie als Lösegeld festhalten."

„Habt ihr nichts getan?" er weinte. „Haben Sie nicht nach dem Polizisten gerufen?"

„Master Bobby ließ uns nicht. Er sagt, die örtliche Polizei sei blind wie Fledermäuse, und was wir brauchen, sind Detektive. Und vor allem, sagt er, dürfen wir nicht zulassen, dass es in die Zeitungen gelangt; sein Vater ist furchtbar wütend, wenn überhaupt." kommt in die Zeitungen. Überlassen Sie es ihm, sagt er, und er wird die Zigeuner beschatten.

„Das ist keine Zeit zum Spielen", knurrte Peter und wirbelte zum Haus und zum Telefon. "Was ist das?" Er blieb stehen, als sein Blick auf ein buntes Blatt Papier fiel, das auf dem Boden lag.

„Es war am P-Kissen befestigt", schluchzte Annie.

Peter schnappte es sich und starrte es einen Moment lang voller Erstaunen an. Die Worte waren in erstaunlichen Buchstaben gedruckt, in einem hellen, zinnoberroten Ton.

Ein Lichtblitz huschte über Peters Gesicht.

Am Ende der Gasse befand sich eine alte Scheune, die beim Bau der neuen Ställe zurückversetzt worden war. Ein paar Tage zuvor hatte Peter unbemerkt gesehen, wie Wallace dreimal an die Tür klopfte, und eine Stimme von drinnen antworten hören:

"Wer geht dahin?"

„Ein Freund“, sagte Wallace.

„Geben Sie das Gegenzeichen.“

"Blut!"

„Gehen Sie rein“, sagte die Stimme.

Die Tür hatte sich fünfzehn Zentimeter weit geöffnet, als Wallace sich hindurchzwängte. Peter hatte angenommen, es sei lediglich ihr neuestes Stück, unverständlich, aber harmlos; Jetzt jedoch begann er, zwei und zwei zusammenzuzählen. Offensichtlich war dies nicht der einzige Fall einer Doppelpersönlichkeit.

„Mensch! Ich bin ein Narr, wenn ich nicht daran gedacht habe“, murmelte er.

„Oh, Pete!“ flehte Annie. "Weißt du wo er ist?"

Peter beherrschte seine Gesichtszüge und schüttelte ernst den Kopf.

„Ich kann es nicht genau sagen, aber dieser Aufsatz hier liefert einen Hinweis. Ich denke, dass ich das Baby vielleicht finden kann, ohne den Polizisten zu rufen." Er stellte sich den anderen gegenüber. „Geh zurück zum Haus und pass auf, dass keine dieser Zigeunerinnen herumstreift." Er wartete, bis sie außer Hörweite waren, dann setzte er sich neben Annie auf die Bank. „Ich werde den Jungen nur unter einer Bedingung finden – du sollst diesen Dago in Ruhe lassen. Verstehst du?"

„Holen Sie sich das Baby, beeilen Sie sich – bitte! Ich rede danach mit Ihnen."

„Ich glaube, ich rede jetzt kurz. Du weißt ganz genau, dass ich nie etwas mit diesem tscherkessischen Schönheitsmädchen zu tun hatte."

„Ja, ja, Pete! Ich glaube dir. Ich weiß, dass du es nicht getan hast. Bitte geh."

„Hör mal auf, an den Jungen zu denken, und hör mir zu." Er griff nach ihr und packte sie fest am Handgelenk. „Wenn ich ihn unverletzt zurückhole, bevor seine Mutter nach Hause kommt, wird dann zwischen uns alles wieder so sein wie vor meiner Reise in dieses höllische Herz Asiens?"

„Ja, Pete, ehrlich – ich verspreche es." Ihre Lippen verzogen sich kurz zu einem Lächeln. „Ich wusste, dass du nichts mit ihr zu tun hast. Ich wollte dich nur wütend machen."

Sein Griff wurde fester.

„Das ist dir gut gelungen."

„Au, Pete, lass mich gehen! Du hast wehgetan."

Er ließ ihr Handgelenk los und stand auf.

„Denken Sie daran, das ist auf der richtigen Linie. Ich finde den Jungen und wir sind wieder Freunde."

Sie nickte und lächelte ihm in die Augen. Peter lächelte zurück und schwang sich pfeifend davon, die Gasse entlang. Ein Rascheln hinter der Hecke und das Trampeln von Schritten verrieten ihm, dass der Feind Späher stationiert hatte. Er beendete seinen Pfiff und näherte sich vorsichtig der alten Scheune. Als er ankam, zeigte es ein ausdrucksloses Gesicht; Die Tür war geschlossen und verschlossen. Er schlug dreimal zu. Drinnen kam es zu einer erschrockenen Bewegung, aber keine Herausforderung. Er hämmerte erneut, noch beharrlicher, und drückte mit der Schulter, bis das Geräusch zu hören war, wie sich Holz spannte.

„Wer geht dorthin? Geben Sie das Gegenzeichen", kam es im Tonfall von Meister Augustus aus dem Schlüsselloch.

"Blut!" sagte Peter mit grimmiger Betonung.

Es folgte eine Pause, in der er sein Ohr an den Spalt hielt. Drinnen fand eine geflüsterte Beratung statt, dann öffnete sich plötzlich ein kleines Fenster und Meister Augustus' Kopf erschien.

„Oh, Pete! Bist du das?" In seinem Ton lag Erleichterung. „Warte einen Moment, dann lasse ich dich rein. Ich hatte Angst, dass es Zigeuner wären."

„Nun, es sind keine Zigeuner, es ist der örtliche Polizist auf der Spur der gestohlenen Waren. Machen Sie die Tür auf und beeilen Sie sich!"

Es folgte eine lange Wartezeit, während Augustus vergeblich am Schloss herumfummelte und währenddessen so laut wie möglich mit Peter sprach, um das Geräusch der Bewegung hinter ihm zu übertönen. Endlich wurde die Tür weit aufgerissen und Peter wurde mit einem entwaffnenden Lächeln empfangen. Er trat ein und blickte sich um.

„Wo habt ihr die anderen Jungs versteckt?" er forderte an.

„Ich bin Polizist", lispelte Augustus mit einnehmender Konsequenz, „und bin hier stationiert, um die Gasse zu bewachen. Ich kämpfte dafür, dass es am sichersten war, die Tür verschlossen zu halten, aus Angst, dass noch mehr Zigeuner vorbeikommen könnten."

„Wo ist die Leiter zum Dachboden geblieben?"

„Die Leiter?" Augustus hob seine unschuldigen Augen zu dem Loch in der Decke. „Vielleicht hat dieselbe Person die Leiter gestohlen, die auch die anderen Dinge gestohlen hat."

„Vielleicht", stimmte Peter freundlich zu, während er durch die Öffnung nach oben blinzelte.

Das Ende der Leiter war sichtbar, auch das Ende einer Strickleiter, die man in Notfällen leichter hochziehen konnte. Zumindest die Wäscheleine wurde berücksichtigt. Peter zog seinen Mantel aus, schob ein Sägebock unter die Öffnung, sprang auf und fing den Rand des Eimers auf, während Augustus in wilder Protestkundgebung unten tanzte und Warnungen rief. Nach ein paar krampfhaften Tritten schwang sich Peter auf und setzte sich auf den Rand des Laufstalls, um Luft zu schnappen, während er einen ersten Überblick über den Raum nahm. Es bestand kein Zweifel daran, dass er die

Räuber bis zu ihrem Versteck aufgespürt hatte. Ihm gegenüber prangte in dreißig Zentimeter hohen Buchstaben die ganze Länge der Wand:

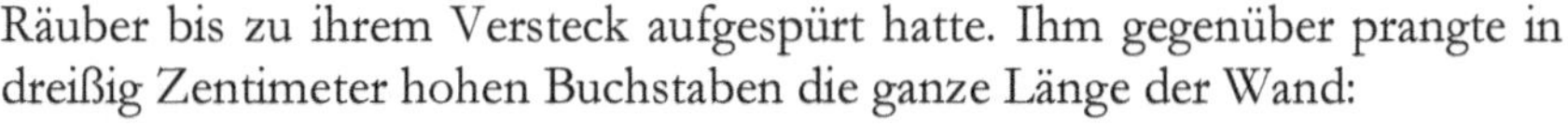

Als seine Augen durch den Raum wanderten, fielen sie auf einen vertrauten Gegenstand nach dem anderen. Die vier Wände waren mit Laken behängt; Zwei Piratenflaggen aus schwarzem Wollstoff (er erkannte seine Schoßroben) wehten über ihnen; In der Mitte des Raumes befand sich der umgedrehte Schirmständer, der als Sockel für die Bibel diente, und die zu Kreuzschwertern verarbeiteten Tomatenpfähle schmückten die Wände. Die Beute war da, aber die Diebe waren entkommen. Eine zweite, genauere Untersuchung verriet jedoch in einer schattigen Ecke eine leichte Ausbeulung der Laken, während von unten mehrere Beine hervorragten. Peter stolzierte herüber, packte Master Wallace fest am nächsten Knöchel und zog ihn hinter dem Arras hervor. Er stellte den Jungen auf die Beine und schüttelte ihn.

„Was hast du mit dem Baby gemacht?"

Wallace schlug seine Fäuste in die Augen und begann zu wimmern. Peter probierte einen anderen Wurf und holte Meister Bobby heraus.

„Hallo, Pete!" sagte Bobby mit fröhlicher Frechheit.

„Du spuckst das Baby aus", sagte Peter.

„Er ist im Waschkessel." Bobby wedelte leichthin mit der Hand zum anderen Ende des Raumes.

Peter, der Bobbys Kragen immer noch mit einem unangenehm festen Griff umklammerte, schritt hinüber und hob den Deckel. Das Baby schlief so friedlich wie in seinem eigenen Kinderwagen.

„Wir wollten ihn gerade zurückgeben, als du kamst." In Bobbys Stimme klang zunehmend Angst. „Wir haben ihn gefüttert und seine Milch sterilisiert, so wie Annie es macht. Er hat einen Riesenspaß, lacht und kräht, um die Band zu schlagen. Er mag Abenteuer. Es ist furchtbar dumm, den ganzen Tag in dieser Kutsche zu liegen; eine kleine Abwechslung ist gut für seine Gesundheit." ."

Peter schüttelte seinen Gefangenen. „Was soll das?" Seine Geste umfasste das gesamte Innere.

„Wir sind Räuber", sagte Bobby entschieden. „Ich bin Huck Finn, der auf frischer Tat ertappte, und Jeromes Tom Sawyer, der Schrecken der Prärie. Als wir das Baby allein im Kinderwagen sahen, dachten wir, wir sollten Annie eine Lektion erteilen. Wir wollten bald zu Detektiven werden, diese Räuberhöhle überfallen und das Baby zurückholen. Wir bereiteten uns gerade darauf vor, Detektive zu werden, als du kamst."

„Das ist das erste Mal, dass die örtliche Polizei zuerst da war", bemerkte Peter. „Wofür ist diese Bibel?"

„Um unsere Eide abzulegen."

"Hm! Ich schätze, deine Mutter wird dazu etwas zu sagen haben." Er ließ die Leiter herunter und sah die Räuber an. Es waren inzwischen drei: Jerome war von selbst aufgetaucht. "Ich werde das Baby selbst mitnehmen. Master Bobby, Sie folgen mit der Bibel; Master Jerome, Sie reißen Schädel und Knochen von den Schoßmänteln, falten sie ordentlich zusammen und legen sie in den Schrank, wo sie hingehören. Ich gebe Ihnen nur eine halbe Stunde, um diese Bande zu zerschlagen und die Beute zurückzugeben. Master Augustus!", brüllte Peter durch die Falle, "holen Sie vier Paar Handschellen und bringen Sie diese Räuber in einer halben Stunde zur Polizeiwache, um ihr Urteil zu hören."

Mit unbeholfener Vorsicht nahm er das Baby auf die Schulter und ging den gleichen Weg zurück zum Haus. Annie saß noch immer schlaff auf ihrer Bank. Peter näherte sich leise von hinten.

„Hier ist er, wie versprochen."

„Oh, Pete! Ist er verletzt?" Sie riss ihm das Kind aus den Armen und begann, seine Gliedmaßen ängstlich nach Verletzungen zu untersuchen. Das Baby griff nach ihrem Haar und gurrte. Sie überhäufte ihn mit Küssen. „Wo hast du ihn gefunden?"

„Ich habe ihn gefunden – wo ich ihn gefunden habe", sagte Peter schlau, „und lass ihn nicht wieder allein."

„Das werde ich nicht! Ich kann Ihnen gar nicht genug danken."

„Ja, das kannst du – indem du nicht mehr mit diesem Dago flirtest."

„Ich habe nicht mit ihm geflirtet. Ich bin ihm völlig egal. Er will nur sprechen lernen."

Peter sah skeptisch aus.

„Ehrlich, Pete! Das ist die lebende Wahrheit. Ich habe nie mit irgendjemandem geflirtet, außer – vielleicht mit dir."

Peters Gesicht wurde für einen Moment weicher, aber es wurde wieder hart, als ein Schatten zwischen sie fiel. Vittorio stand auf der anderen Seite der Hecke.

„Hast du das Baby gefunden?“ erkundigte er sich mit einem allumfassenden Lächeln. Da die Tatsache offensichtlich war, antwortete niemand. Vittorio war eine romantische Seele; er fing den Hauch von Gefühl in der Luft auf. „Annie, du Mädchen?“ er erkundigte sich freundlich bei Peter.

Peter runzelte die Stirn, ohne zu sprechen.

„Ich habe auch ein Mädchen, namens Marietta. Lebe eine Napoli. Eines Tages schicke ich Geld, sie kommt aus Amerika und heiratet mich. Nettes Mädchen, Marietta. Annie, auch nettes Mädchen“, fügte er hinzu höflicher nachträglicher Einfall. „Du hast sie geheiratet?“

Peters Gesicht klärte sich.

„Eines Tages, Vittorio, wenn sie mich haben wird.“ Er warf Annie einen verstohlenen Seitenblick zu. Sie erhob sich schnell und errötete.

„Hör auf zu albern, Pete! Es ist Zeit, dass das Baby sein Abendessen bekommt. Würde es dir etwas ausmachen, seinen Kinderwagen auf die Veranda zu stellen? Gute Nacht, Vittorio.“ Sie klemmte das Baby unter den Arm und machte sich singend auf den Weg zum Haus.

Peter baute die Kutsche auf und schlenderte bestens gelaunt zu den Ställen. Er fand Augustus mit seinen in einer Reihe aufgereihten Gefangenen vor, deren Handgelenke und Knöchel aneinander gefesselt waren.

Augustus salutierte. „Ich habe freie Räuber gefangen“, stellte er fest. „De ovver one 'scaped.“

Peter verzog sein Gesicht zu einem Ausdruck richterlicher Strenge. „Was habt ihr selbst zu sagen?“ er knurrte.

Einen Moment herrschte Schweigen, dann wagte Jerome es vor: „Wir fahren in drei Tagen weg. Ich glaube nicht, dass du am Ende Unmut zwischen uns haben willst.“

„Wenn du es deiner Mutter erzählst“, fügte Bobby hinzu, „bringst du Annie in eine Menge Ärger. Annie war gut zu mir. Ich würde es hassen, wenn sie beschimpft würde.“

Peter unterdrückte ein Grinsen.

„Zehn Jahre Einzelhaft sind das, was du verdienst“, verkündete er, „aber da es mildernde Umstände gibt, lasse ich dich auf Bewährung frei – vorausgesetzt, dass du die restliche Zeit Baseball spielst.“

„Ich sage, Pete, du bist ein Tyrann!“

„Es ist ein Schnäppchen“, sagte Peter. „ *Und denken Sie daran, sich daran zu halten.* Offizier, lassen Sie die Gefangenen frei.“

VII
GEORGE WASHINGTONS ZWEITSTUDIE

„Warten Sie einen Moment, Peter", rief Miss Ethel von der Veranda aus, als er sich mit der täglichen Marketingliste auf den Weg ins Dorf machte. „Ich möchte, dass Sie auf dem Heimweg am Red Towers vorbeifahren und diese Nachricht für Mrs. Booth-Higby hinterlassen."

„Sehr gut, Miss Ethel." Peter zügelte Trixy und nahm die Nachricht mit einem höflichen Zug an seiner Hutkrempe entgegen.

„Und, Peter, du könntest ein wenig Diskretion walten lassen. Das heißt – ich möchte nicht, dass sie es erfährt –"

„Sie vertrauen mir, Miss Ethel; ich werde es in Ordnung bringen."

Ihre Augen trafen seine für eine Sekunde und sie lachte. Auch Peters Gesicht verlor seinen offiziellen Ernst, als er die Notiz einsteckte und losging. Er verstand gut, mit welchen Gefühlen sie diese höflichen Sätze geschrieben hatte. In der Carter-Familie tobte ein Kampf um Mrs. Booth-Higby, und die Anwesenheit der Einladung in Peters Tasche bewies, dass Miss Ethel besiegt war.

Die Einladung betraf eine Gartenparty in Willowbrook am Abend des 15. mit den Töchtern der Revolution als Ehrengästen und Laientheater als Unterhaltung. Peter wusste alles darüber, da er dem Zimmermann des Dorfes mühsam beim Bau von Felsen, Booten, Wigwams, Blockhütten und Urwäldern geholfen hatte. Er wusste auch, dass die Hauptattraktion des Abends nicht das Theater sein würde, sondern die Anwesenheit eines jungen irischen Grafen, der Mr. Harry Jasper besuchte. Miss Ethel empfing auch Gäste, und die beiden Haushalte bildeten eine exklusive Party untereinander. Die ganze Nachbarschaft war begeistert von der Idee eines lebenden Lords in ihrer Mitte, aber bisher hatte ihn niemand gesehen, außer aus der Ferne, als er in Mr. Harrys Motor vorbeigewirbelt oder in Miss Ethels Motor über den Golfplatz gezogen wurde aufwachen. Sie hatte vor, ihn am Abend der Gartenparty öffentlich auszustellen.

Die Frage der Einladungen sei schwierig gewesen, insbesondere im Fall von Frau Booth-Higby. Im Hinblick auf diese Dame war die Gesellschaft in zwei Lager gespalten: diejenigen, die sie aufnahmen, und diejenigen, die dies nicht taten. Miss Ethel hielt fest an denen fest, die das nicht taten, aber ihr Vater und ihre Mutter waren stillschweigend in das andere Lager abgerutscht – Mr. Carter ist ein Unternehmensanwalt und Mr. Booth-Higby ein aufstrebender Finanzier. Peter wusste ebenfalls alles darüber, da Mrs. Carter und ihre Tochter die Angelegenheit während einer sieben Meilen langen Fahrt besprochen hatten, während er eifrig den Blick auf die Ohren der Pferde richtete, damit das Lächeln, das nicht unterdrückt werden konnte, es wenigstens konnte unbeobachtet sein.

Mrs. Carter hatte behauptet, dass es eine zu offensichtliche Beleidigung wäre, sie nicht einzuladen, da Mrs. Booth-Higby Mitglied der Gesellschaft sei. Miss Ethel hatte geantwortet, dass die Party eine reine gesellschaftliche Angelegenheit sei – sie könne einladen, wen sie wolle –, und sie hatte einige pointierte Details hinzugefügt. Der Mädchenname der Frau war, wie jeder wusste, Maggie McGarrah, und ihr Vater hatte vor seiner politischen Karriere einen Saloon geführt; sie war abscheulich, aufdringlich, *neureich* ; Sie färbte ihre Haare und zeichnete ihre Augenbrauen, sie dachte an nichts weiter als an Kleidung, und sie flirtete unverschämt mit jedem Mann, der in ihre Nähe kam. Peters Lächeln wurde bei diesem letzten Punkt breiter. Das war, wie er scharfsinnig vermutete, der Grundgedanke des Problems. Miss Ethel hatte Herrn Harry Jasper dabei erwischt, wie er anlässlich eines kürzlichen Polospiels zu sehr auf die Befehle von Frau Booth-Higby geachtet hatte.

Peter hatte das Gefühl, dass die Wetten ziemlich ausgeglichen ausfielen, als Mrs. Carter und ihre Tochter die Testamente übereinstimmten, und dass seine sportlichen Instinkte geweckt wurden. Als er die Einladungen überbrachte, war es ihm aufgefallen, dass es keine Einladungen für die Booth-Higbys gab; und nun war sein Interesse doppelt groß, weil er es drei Tage zu spät erhielt. Miss Ethel war der Last überlegener Argumente erlegen.

Er bog zwischen den reich verzierten Toren der Roten Türme ein – die beiden Pfosten, auf denen Löwen ein mythisches Wappen hochhielten – und hielt im Schatten einer imposanten *Porte-Cochère* . Eine fröhliche Gruppe von Damen und Herren saß in Liegestühlen auf der Veranda und trank milchige Gläser Mint Julep; während Mrs. Booth-Higby selbst, frisiert und gekleidet wie für einen Abendempfang, in den Glastüren des Salons stand. Als ihr Blick auf Peter fiel, schlenderte sie mit einem lauten Rascheln der Vorhänge auf ihn zu.

„Wessen Mann bist du?" fragte sie mit einer Miene träger Herablassung.

Peters Gesicht wurde leicht gerötet. Die gesamte Gruppe hatte ihre Unterhaltung unterbrochen und starrte sie an.

„Mr. Jerome Carters", antwortete er und suchte nach dem Zettel.

"Ah!" sagte Mrs. Booth-Higby und zog die Augenbrauen hoch.

„Es hätte schon vor drei Tagen kommen sollen", log Peter leichthin. „Miss Carter, geben Sie mir eine Menge davon zu liefern. Dieses hier muss durch den Spalt zwischen den Kissen gerutscht sein und übersehen worden sein. Wir haben es heute Morgen gefunden, als wir das Kutschbrett gewaschen haben, also bin ich damit rübergefahren." Auf dem Heimweg vom Markt hoffe ich, dass es nicht wichtig ist und dass Sie sich nicht dazu berufen fühlen, es Miss Carter zu sagen?

Ihr Gesicht hatte sich während dieser Erzählung etwas aufgehellt; es war offensichtlich, dass sie von der Gartenparty wusste und sich über das Ausbleiben ihrer eigenen Einladung aufgeregt hatte. Sie hielt es jetzt für angebracht, ihre angestaute Wut an der Delinquentin auszulassen. Peter kannte seinen Platz und schluckte die Schelte respektvoll hinunter, aber er tat es mit herzlicher Zustimmung zu Miss Ethels Beschreibung des Charakters der Dame. Sie schloss, indem sie ihn bat, auf eine Antwort zu warten. Er hörte sie sagen, als sie die Veranda hinunterfegte:

„Entschuldigen Sie mich einen Moment, während ich diese Nachricht beantworte. Sie ist von Ethel Carter, der Tochter von Jerome Carter, wissen Sie" – offensichtlich war das ein Name, den man heraufbeschwören konnte – „eine Einladung, Lord Kiscadden zu treffen. Sie hätte schon vor drei Tagen kommen sollen, aber." Ihr Mann hat dummerweise vergessen, es zu überbringen. Er fleht mich an, ihn nicht anzuzeigen, obwohl ich der Meinung bin, dass eine solche Nachlässigkeit wirklich bestraft werden sollte. Sie raschelte weiter ins Haus, und Peter saß zwanzig Minuten lang da und schnippte die Fliegen von Trixys Beinen.

„Und sie ist eine Tochter von Tim McGarrah!" wiederholte er vor sich hin. Es war nichts Snobistisches an Tim gewesen; Er war bei jedem Wähler östlich des Broadways beliebt. „Sie schämt sich jetzt für ihn", überlegte Peter, „und wird nicht zugeben, dass sie den Namen jemals gehört hat; aber der alte Mann war zehnmal mehr ein Gentleman als seine Tochter eine Dame ist, trotz seines ganzen Saloons!"

Seine Überlegungen endeten, als Mrs. Booth-Higby mit einem zart gefärbten Umschlag in der Hand und einem nachsichtigeren Lächeln auf den Lippen zurückkam.

„Es soll Theateraufführungen geben?", fragte sie in einem Zeichen der Verzeihung.

„Ich glaube schon, Ma'am."

„Wird Lord Kiscadden teilnehmen?"

„Kann ich nicht sagen, Ma'am."

Peter hatte in seiner Funktion als Szenenbildner reichlich Gelegenheit gehabt, Lord Kiscaddens Interpretation der Figur George Washingtons zu studieren – seine Lordschaft hatte mit seinem ausgeprägten Sinn für Humor die Rolle selbst ausgewählt –, doch bei der Erwähnung des Namens wurde Peters Gesicht ausdruckslos.

„Soll er noch viel länger in Jasper Place bleiben?“, beharrte sie.

„Das habe ich ihn nicht sagen hören, Ma'am.“

Sie gab ihre Suche nach Neuigkeiten auf, reichte ihm den Schein und fügte freundlicherweise zehn Cent hinzu.

Peter berührte ernst seinen Hut, murmelte: „Vielen Dank, Ma'am“ und fuhr davon. Am Fuße des Rasens ließ der Booth-Higby-Pfau – angeblich eine Dekoration für den italienischen Garten, der aber dazu neigte, außerhalb der Grenzen zu wandern – sein Gefieder über seinen Weg ziehen. Peter warf seine Zehn-Cent-Münze vor den Kopf des Vogels und murmelte den Wunsch, dass die Münze wirklich groß genug gewesen sei, um Schaden anzurichten.

Am Tag der Gartenparty war der Himmel klar, und Peter war im Morgengrauen wach und bei der Arbeit. Miss Ethel hatte ihn zu ihrer rechten Hand ernannt, und obwohl ihm die gesamte Stall- und Hausmannschaft zur Seite stand, empfand er die Verantwortung als ermüdend. Er spürte, was es bedeutete, ein Industriekapitän zu sein. Er beaufsichtigte den Aufbau eines Abendessenzeltes auf dem Rasen, hängte bunte Glühbirnen zwischen den Zweigen der Bäume auf, sah zu, wie die Möbel aus dem Salon und hundert Campingstühle hineingeschoben wurden. Er verbrachte den Nachmittag damit, die Kulissen für das Kleid zu verschieben Probe; aber schließlich, kurz vor sechs, schob er Plymouth Rock für das erste Bild wieder an seinen Platz und wandte sich mit einem Seufzer der Erleichterung der Küche zu. Er hatte das Gefühl, dass er sich ein fünfzehnminütiges Gespräch mit Annie verdient hatte.

Aber es erwartete ihn neuer Ärger. Er fand Mrs. Carter und Nora in ängstlicher Beratung vor. Das Eis war nicht gekommen; und der Expressbote, der bereits drei Züge abgeholt hatte, sagte, er könne es jetzt erst am Morgen abliefern.

Mrs. Carter stürzte sich auf Peter.

„Ist Miss Ethel mit Ihnen fertig? Dann fahren Sie sofort zum Bahnhof und treffen Sie auf den Zug um 18:20 Uhr. Wenn er noch nicht da ist, halten Sie bei Gunther's und sagen Sie ihnen, dass sie mir vor zehn Uhr sieben Gallonen Eis machen *müssen* „Heute Abend ist es eine Schande! Ich werde Perry nie wieder mit der Bewirtung beauftragen und dem Expressfahrer sagen, dass ich ihn für sehr unhöflich halte.“

Anderthalb Stunden später kippte er drei Fässer mit Eis und Salzlake auf die hintere Veranda und wandte sich gerade ab, erfreut von der nahen Hoffnung auf sein lange aufgeschobenes Abendessen, als Annie ihn vom Küchenfenster aus rief.

„Hey, Pete! Warte mal. Miss Ethel sagte, ich solle dich in die Bibliothek schicken, sobald du zurückkommst."

„Was wollen sie jetzt?" er knurrte. „Ich werde froh sein, wenn dieser aufstrebende junge Herr nach Irland zurückkehrt, wo er hingehört. Zwischen Picknicks, Reitpartys, Muscheln und Theateraufführungen hatte ich seit seiner Ankunft keine Gelegenheit mehr, mich hinzusetzen ."

Annie schob ihm einen Stuhl zu.

„Dann ist jetzt Ihre Chance, denn er ist weg. Es kam ein Telegramm, das ihn wegrief, und Mr. Harry kam gerade zurück, nachdem er ihn zum Bahnhof gefahren hatte."

„Gepriesen seien die Heiligen!" sagte Peter und drehte sich zur Bibliothekstür um.

Er fand Miss Ethel, die beiden jungen Damen, die sie besuchten, und Mr. Harry Jasper in einer nachdenklichen Gruppe vor dem Gazeschirm versammelt, der sich über die Vorderseite der Bühne erstreckte.

"Hier ist er!" rief Miss Ethel energisch. „Setz diesen Hut und diese Perücke auf, Peter, und stell dich hinter die Leinwand. Ich möchte sehen, wie du aussiehst."

Peter gehorchte apathisch. Er hatte in den letzten Tagen so viele außergewöhnliche Befehle erhalten, dass nichts seine Neugier weckte.

"Schikanieren!" sagte Herr Harry. „Ich hätte ihn nie auf der Welt kennengelernt."

„Wir werden das Licht ausschalten", sagte Miss Ethel. „Zum Glück ist die Gaze dick."

„Peter", Mr. Harry blickte ihn mit tragischer Miene an, „ein schweres Unglück ist über den Staat hereingebrochen. Der rechtmäßige Erbe wurde vertrieben, und wir müssen unbedingt einen Ersatz finden. Ich habe oft bemerkt, Peter: In der auffallenden Ähnlichkeit zwischen Ihnen und Lord Kiscadden liegt unsere einzige Hoffnung.

„Das kann ich nicht sagen, Sir", Peter blinzelte benommen.

„Sei vernünftig, Harry!" Miss Ethel brachte ihn zum Schweigen. „Peter, Lord Kiscadden wurde plötzlich abberufen, und das verdirbt unsere Pläne für heute Abend. Zum Glück hatte er keine Sprechrolle. Du hast ihm bei den Proben zugeschaut – meinst du, du könntest seinen Platz einnehmen?"

„Glauben Sie nicht, dass ich das könnte, Ma'am." Peters Gesicht verriet keine Begeisterung.

„Du wirst es tun *müssen* !" sagte Miss Ethel. „Jetzt ist es zu spät, noch jemanden zu finden."

„Sie sind George Washington", warf Mr. Harry ein. „Vater seines Landes. Einziger Mann auf Erden, der nie gelogen hat – niemand wird Sie in diesem Teil wiedererkennen, Peter."

„Hier sind die Klamotten." Miss Ethel bündelte sie in seinen Armen. „Du hast Lord Kiscadden heute Nachmittag gesehen, also weißt du, wie sie gehen. Achte darauf, dass du deine Perücke gerade aufsetzt und dein Gesicht *dick puderst* ! Es ist halb sieben; du musst dich sofort anziehen."

„Ich habe nicht zu Abend gegessen", bemerkte Peter ruhig.

„Annie wird dir in der Küche etwas zu essen geben. Wir werden es niemandem erzählen, außer den wenigen, die bei dir in den Tableaus sind. Die Operettendarsteller haben Lord Kiscadden noch nie gesehen und werden den Unterschied nicht bemerken. In der Minute der Tableaus vorbei sind, kannst du verschwinden, und wir erklären dir, dass du plötzlich weggerufen wurdest."

Ein langsames Grinsen breitete sich auf Peters Gesicht aus.

„Willst du, dass ich wie er rede?" er erkundigte sich. Die Redewendung Seiner Lordschaft war Gegenstand vieler heimlicher Belustigungen unter den Dienern gewesen; Peter konnte es perfekt nachahmen.

„Das verlange ich nicht unbedingt", lachte Miss Ethel, „aber bleiben Sie wenigstens still. Reden Sie überhaupt nicht, außer mit uns. Sie können so tun, als wären Sie schüchtern."

„Was wollte sie, Pete?" Erkundigte sich Annie voller gespannter Neugier, als er wieder auftauchte.

Peter stellte seine Kleidung zur Schau.

„Sprechen Sie nicht so vertraut mit mir! Ich bin Lord Kiscadden aus der Grafschaft Cark. Meine Familie stammt direkt von den Königen Irlands ab und ich gebe mich als George Washington aus, der nie gelogen hat."

Eine Stunde später saß Peter in Kniebundhosen und Spitzenrüschen, den Hut bequem zum linken Ohr geneigt, entspannt an einer Ecke des

Küchentisches und ließ zwei Schnallenschuhe in die Luft baumeln, während eine Zigarette in einem spitzen Winkel herausragte der Mundwinkel. Sein Aussehen erinnerte an eine sehr verwegene Karikatur des unsterblichen ersten Präsidenten. Die Dienstmädchen hatten sich in einer kichernden Gruppe um den jungen Mann versammelt, als Miss Ethel und Mr. Harry, ebenfalls in Kostümen, in der Küchentür erschienen. Die Wirkung auf George Washington war elektrisch; Er nahm seine Zigarette heraus, ließ sich zu Boden gleiten, richtete seine Wirbelsäule auf und wartete auf Befehle.

Mr. Harry trug eine Make-up-Box unter seinem Arm. Er bedeckte das Gesicht des Bräutigams mit einer Schicht Puder, korrigierte den Schwung seiner Augenbrauen, fügte einen Hauch Rouge hinzu und trat einen Schritt zurück, um den Effekt zu betrachten.

"Perfekt!" rief Miss Ethel. „Niemand auf der Welt würde ihn erkennen.“

„Peter“, belehrte ihn Mr. Harry ernst, „das sind deine Zeilen für den Abend; sag sie nach mir: ‚Bei Gott! Wahnsinn! Oh, sage ich! Jetzt schick!‘“

Peter wiederholte ohne zu lächeln seine Lektion.

„Und egal, was jemand zu dir sagt, du darfst nicht darüber hinausgehen. Verstehst du?“

„Ja, Sir. Ich werde mein Bestes geben, Sir.“ In Peters Augen lag ein besorgter Glanz; Plötzlich überkam ihn Lampenfieber.

„Ihr erster Auftritt ist im vierten Bild, wo Sie sich von Ihrer Familie verabschieden, bevor Sie das Kommando über die Armee übernehmen“, erklärte Miss Ethel. „Sobald es vorbei ist, schlüpfen Sie raus, um Ihr Kostüm zu wechseln, und bleiben Sie draußen, bis die Unabhängigkeitserklärung unterzeichnet wurde. Stehen Sie nicht in der Nähe der Flügel, wo die Leute mit Ihnen reden können. Gehen Sie jetzt und warten Sie in der Speisekammer des Butlers, bis Sie es sind.“ angerufen."

Washington verabschiedete sich rührend von seiner Familie, während das Publikum interessierte Programme anstimmte; Niemand war sich der erhabenen Identität des Helden bewusst. Der Applaus war begeistert und der Vorhang wurde zweimal geöffnet. Als es zum letzten Mal fiel, schwebte eine Gruppe historischer Persönlichkeiten aus der Operettenbesetzung um ihn herum und flüsterte Glückwünsche zu. Ein oder zwei waren im Geheimnis, der Rest jedoch nicht. Mr. Harry winkte als Bühnenmanager ab.

„Räumt die Tafeln für die nächste Szene frei“, flüsterte er heiser. „Hier, Kiscadden, du musst dich beeilen und dich anziehen. Du überquerst den Delaware in zehn Minuten.“ Mit einer Hand auf George Washingtons Schulter führte er ihn weg. „Das war großartig, Peter“, flüsterte Mr. Harry, als er ihn in die Speisekammer des Butlers schob. „Keine Menschenseele wird verdächtigt. Du bleibst hier, bis du gesucht wirst."

Der Delaware wurde ohne Zwischenfälle überquert, auch die Nachtwache wurde in Valley Forge gehalten. Washington und Lafayette hockten inmitten des Schneetreibens über ihrem Lagerfeuer, während das Publikum vor Mitgefühl zitterte. Doch unglücklicherweise folgte auf diese Tableaus kein Kostümwechsel und mehrere andere griffen ein, bevor Peter wieder auftauchte. Als er ängstlich versuchte, sich im Schatten von Plymouth Rock auszulöschen, hörte er jemanden hinter sich flüstern:

„Lass uns rausgehen und eine rauchen. Es ist verdammt heiß hier."

Er drehte sich um und sah Miles Standish von der Operettenbesetzung, der ihm eindringlich die Hand auf den Ellbogen stützte. Privat war Miles Standish ein junger Mann, dessen Pferd Peter oft geritten hatte und der immer großzügige Trinkgelder gab.

Es schien keine höfliche Fluchtmöglichkeit zu geben, und Peter folgte seinem Begleiter mit unterdrücktem Grinsen auf die Veranda. Es wurde von einem gedämpften Schein farbiger Laternen erhellt, doch hin und wieder herrschte ein dunkler Fleck. Er suchte sich einen bequemen Stuhl aus und schob ihn in den Schatten einer bequemen Handfläche. Standish holte Zigarren hervor – 25-Cent-Havannas, wie Peter anerkennend bemerkte – und die beiden kamen ins Gespräch. Glücklicherweise strebte der junge Mann den Ruf eines *Erzählers an* und trug bereitwillig die meiste Last. Peter hielt seine eigenen Reden so kurz wie möglich und überwand geschickt die Tendenz, seine Sätze mit „Sir" zu beenden. Eine gelegentliche Interpolation von „By Jove!" oder „Ich sage!" in Nachahmung von Lord Kiscaddens trägem Tonfall war er so weit gegangen, wie er gehen musste.

Er ging aus der Begegnung mit immer noch fliegenden Farben hervor; aber es folgten gefährliche zehn Minuten. Als die beiden zum Bühneneingang zurückschlenderten, wurden sie von einer Gruppe schwuler Pilgermädchen abgefangen. Mit einem jungen Mann war Peter erfolgreich zurechtgekommen, aber ihm wurde klar, dass ein halbes Dutzend junger Damen seine Fähigkeit zur Schlagfertigkeit bei Weitem überstiegen. Einer von ihnen machte ihm ein lachendes Kompliment für seine Schauspielerei, und er spürte, wie er rot wurde, als er mit krampfhaftem Schlucken murmelte:

„Ja, Ma'am. Vielen Dank, Ma'am – sage ich!"

Das Orchester rettete die Situation, indem es einen ausgelassenen Schnellschritt machte, der das Sprechen erschwerte. Die Musik ging am Ende

Peter auf die Fersen; und mit beiden Händen einen blauen und gelbbraunen Rockschöße umklammernd, begünstigte er die Gesellschaft mit einem irischen Jig. Das war besser als ein Gespräch; Das Gelächter und der Applaus waren lautstark und erregten den Zorn des Bühnenmanagers.

„Hier Leute, *taisez-vous* ! Ihr macht solchen Lärm, dass man euch drinnen hören kann. Ah, Kiscadden! Ihr werdet auf der Bühne gesucht; es ist Zeit für Cornwallis, sich zu ergeben." Peter wurde aus der Gefahrenzone geführt.

Der Kapitulation folgte die Operette, in der Miss Ethel die Heldin war. Ihre eigenen Angelegenheiten beanspruchten sie, aber sie hielt lange genug inne, um George Washington ins Ohr zu flüstern:

„Du kannst jetzt gehen, Peter. Du hast es sehr gut gemacht. Schlüpfe durch die Speisekammer des Butlers, wo dich niemand sehen wird. Zieh deine eigenen Klamotten an und hilf ihnen in der Küche beim Servieren des Abendessens – aber tu es auf keinen *Fall*. " Betreten Sie heute Abend wieder den Vorderteil des Hauses.

„Ja, Ma'am", sagte Peter sanftmütig.

Er stellte fest, dass der Eingang zur Speisekammer des Butlers versperrt war, und sprang in den leeren Wintergarten, um von dort zur Veranda zu gelangen und so auf dem Außenweg zur Küche zu gelangen. Doch als er die Verandatür erreichte, traf er direkt auf Mrs. Booth-Higby. Peter zog sich schnell in eine von Farnen bewachsene Nische zurück, um sie passieren zu lassen. Das Licht war schwach, aber sein Kostüm war unverwechselbar; Nach einem Moment zögernder Prüfung stürzte sie sich auf ihn.

„Oh, es ist George Washington! – Lord Kiscadden, sollte ich sagen. Ich sehe aus dem Programm, dass Ihr Part beendet ist. Es war so furchtbar warm drinnen, dass ich rausgeschlüpft bin, um Luft zu schnappen. Darf ich mich vorstellen? Ich bin Mrs. Booth-Higby aus Red Towers. Ich vertraue darauf, dass Sie oft vorbeischauen, wenn Sie in der Gegend sind. Ich wollte unbedingt die Gelegenheit haben, mit Ihnen zu sprechen, weil Sie aus Irland kommen – dem guten alten Irland! Ich bin selbst Ire auf der Seite, die nicht kolonial ist, und ich habe eine Vorliebe für alles Grüne in meinem Herzen."

Peter verkniff sich tapfer die einzige Bemerkung, die ihm einfiel, während die Dame weiterplapperte:

„Meine irische Verbindung besteht schon vor drei Generationen – ein jüngerer Sohn, wissen Sie, der in ein neues Land kam und sich, nachdem er in eine der alten Kolonialfamilien eingeheiratet hatte, endgültig niederließ. Aber einst Ire, immer Ire, Ich sage, es wird mir warm ums Herz, wenn die kleinen Lumpen auf der Straße etwas vom Blut haben, schätze ich. Sollen wir hier eine Verabredung haben? Du--"

Er holte den Rest seines Atems zusammen und murmelte verwirrt: „Oh, ich sage! Ripping!"

Sie ließen sich auf einer rustikalen Bank nieder, und Peter, der ihren Fächer in Besitz nahm, schwenkte ihn langsam hin und her, in der lässigen Art von Mr. Harry. Glücklicherweise war Mrs. Booth-Higby nicht weniger geschwätzig als Miles Standish, und sie plapperte fröhlich weiter und ließ kaum eine Pause, um sich die englischen Einwürfe ihrer Begleiterin anzusehen.

Peters Gefühle waren geteilt. Er hatte das amüsierte Bewusstsein, dass die Dame, die ihm drei Tage zuvor so herablassend zehn Cent gegeben hatte, mit ihm flirtete. Und er hatte auch eine kühle Angst vor dem Sturm, der entstehen würde, wenn sie durch Zufall den Schwindel entdeckte. Aber sein Kampfgeist war in vollem Gange und er freute sich über die Erfolge der Vergangenheit. Er gab seine Einwürfe auf und erzählte, indem er sich auf eigene Faust wagte, eine Anekdote über einen Landsmann in einer hervorragenden Nachahmung des irischen Akzents. Der Einsatz wurde mit schmeichelhaftem Applaus quittiert. Schließlich, versicherte er sich, war dies nicht seine Beerdigung, Miss Ethel und Mr. Harry mussten die ganze Schuld tragen; Mit dieser sorglosen Abwälzung der Verantwortung machte er sich daran, den Spaß herauszukitzeln, der in der Situation liegen könnte.

Der Vorhang fiel schließlich im letzten Akt des Stücks, und ein Schlurfen von Füßen und das Verrücken von Stühlen kündigte einen allgemeinen Exodus an. Peter kam erschrocken zurück und erkannte sein Dilemma. Obwohl sein Vertrauen in seine Simulationsfähigkeiten während der letzten halben Stunde stetig gewachsen war, zweifelte er immer noch an seiner Fähigkeit, mit dem Publikum *als Ganzes fertig zu werden* .

Aber glücklicherweise waren die ersten beiden, die im Wintergarten erschienen, Miss Ethel und Mr. Harry, die völlig mit ihren eigenen Angelegenheiten beschäftigt waren und alle Gedanken an den Pseudo-Kiscadden aus ihren Gedanken verdrängt hatten. Als sie das Paar im Farngarten bemerkten, blieben sie mit einem überraschten Keuchen stehen.

„Aber, Pet –" Miss Ethel fing sich und fügte, einen herzlichen Tonfall annehmend, rasch hinzu: „Lord Kiscadden! Vor langer Zeit kam ein Telegramm – ich dachte, Sie hätten es erhalten? Ich fürchte, sie haben den Jungen in der Küche aufgehalten."

„Oh, ich sage, bei Gott! Lust jetzt!" George Washington sprang hastig auf. „Freut mich, Sie kennenzulernen, Ma'am", fügte er hinzu und senkte zum Abschied den Kopf. und ohne weitere Worte abzuwarten, sprang er über das Geländer der Veranda und verschwand um die Ecke des Hauses. Er verweilte einen Moment im Gebüsch, um sie sagen zu hören:

„Lord Kiscadden und ich hatten einen so interessanten Abend! Was für einen köstlichen Akzent er hat! Sie müssen ihn zu Red Towers bringen, Mr. Jasper. Ich habe das Gefühl, dass er mir wirklich mehr gehört als Ihnen; wir haben herausgefunden, dass wir Es scheint, dass seine Großmutter, die dritte Lady Kiscadden, eine McGarrah war, bevor sie heiratete, und –"

Peter legte die Hand vor den Mund, um seine Gefühle zu unterdrücken, und taumelte zur Küchenveranda.

Eine Stunde später, als das Abendessen beendet war, entfernten sich Miss Ethel und Mr. Harry Jasper von den Gästen und wandten sich der Küche zu. Sie blieben einen Moment in der Speisekammer des Butlers stehen und wurden vom Klang von Peters Stimme angehalten, als er in seinem prächtigsten Akzent mit einer anerkennenden Gruppe von Dienstmädchen redete. Sein Thema waren die Töchter der Revolution – offenbar hatte er bei seiner kurzen Einführung in die Gesellschaft die Ohren offen gehalten.

„Mein Vater war ein Malone, meine Mutter eine Haggerty. Die Familie ließ sich 1620 v. Chr. in Amerika nieder , alle meine Vorfahren auf beiden Seiten waren Passagiere der ersten Kabine der *Mayflower* . Wir sind direkt von Gouverneur Bradford getrennt , und mein fünfter Urgroßvater war der erste Mann, der in den Vereinigten Staaten gehängt wurde. Malone ist ein schottischer Name – früher hieß er Douglas, aber die Aussprache wurde geändert – und Haggerty ist für beide geeignet Ja, es ist eine großartige Gesellschaft, deren Ziel es ist, das Land dimokratisch zu halten.

Sie stießen die Tür auf und traten ein. Peter, der wieder seine eigene Kleidung anzog, saß vor dem Küchentisch und beschäftigte sich zwischen den Sätzen mit einem Suppenteller voll Eis. Er erhob sich hastig, als die beiden auftauchten, und musterte mit etwas schuldbewusster Miene ihre Gesichter. Er versuchte sich daran zu erinnern, was er zuletzt gesagt hatte.

„Peter", Miss Ethels Stimme sollte streng sein, „was haben Sie Mrs. Booth-Higby erzählt?"

Peter verlagerte ängstlich sein Gewicht von einem Fuß auf den anderen.

„Nichts, Ma'am."

„Nichts – Unsinn! Sie erzählt allen, dass sie Lord Kiscaddens Cousine ist. Eine so unmögliche Geschichte wie diese hat sie sich nie ohne Hilfe ausgedacht."

Miss Ethels Verhalten war streng vorwurfsvoll, aber Peter bemerkte einen Schimmer boshafter Belustigung in ihren Augen. Ihm kam der Gedanke, dass sie einer Zurschaustellung von Mrs. Booth-Higbys Torheit vor Mr. Harry Jasper nicht abgeneigt war.

„Ich war nicht schuld, Miss Ethel. Ich konnte nicht durch die Speisekammer des Butlers herauskommen, wie Sie es mir gesagt hatten, weil die Familie Hartridge den Weg versperrte, und ich wusste, dass sie mich erkennen würden, wenn ich auf drei Meter näher komme. Also denke ich mir, ich gehe durch den Wintergarten, aber gerade als ich die Tür erreiche, renne ich direkt in Mrs. Booth-Higby.

„‚Oh, mein lieber Lord Kiscadden‘, sagt sie, ,du warst der Junge, den ich sehen wollte! Ich muss dir sagen‘, sagt sie, ,wie ich deine Schauspielerei genossen habe; es war großartig, Sie sagt: „Du warst der beste Mensch in der ganzen Show.“ Und während sie eine Hand auf meinen Arm legt und eineinviertel Stunden lang nicht loslässt – wissen Sie, Mr. Harry, wie greifbar sie ist.“

Petrus appellierte an ihn als einen Mann an den anderen.

„Sie fing damit an, mich nach meinem Anwesen im guten alten Irland zu erkundigen. Da ich erst achtzehn Monate alt war, als ich es verließ, konnte ich mich nicht an viele Einzelheiten erinnern, aber ich benutzte meine Fantasie und tat mein Bestes. Ich erzählte ihr, dass zwei Löwen auf den Torpfosten saßen und mein Wappen in ihren Pfoten hielten; ich erzählte ihr, dass das Schloss zwei Türme hatte und ein Pfau auf dem Rasen spazieren ging; und dann, aus Angst, sie könnte misstrauisch werden, beschloss ich, das Thema zu wechseln. ,Ja, es ist ein schönes Haus‘, sagte ich, ,aber es ist nicht so prachtvoll wie manche andere. Das größte Anwesen in der Nachbarschaft‘, sagte ich, ,ist Castle McGarrah‘ – der Name schoss mir einfach in den Kopf, Miss Ethel.

„‚McGarrah!‘, sagt sie, ,das ist mein eigener Name.‘

„‚Der Divvil!‘ denkt ich. 'Ich habe jetzt meinen Fuß hineingesetzt.' Aber es war zu spät, um zurückzukehren. „Möglicherweise die gleiche Familie“, sagte ich höflich. „Der jetzige Besitzer, Sir Timothy McGarrah –“

„‚Timothy!‘ Sie sagt: „Das war der Name meines Vaters und vor ihm der Name meines Großvaters.“

„‚Es gibt immer einen Sohn in jeder Generation, der es trägt‘, sage ich.

„‚Kann es möglich sein?‘“ sie murmelt vor sich hin.

„‚Meine eigene Großmutter war die Tochter des zweiten Sir Timothy‘, sage ich, ,er stritt sich mit seinem jüngsten Sohn und‘ vertrieb ihn von zu Hause. Manche sagen, er sei nach Australien gegangen, andere sagen, er sei nach Amerika gekommen.‘ Es war vor fünfzig Jahren, und von dem Jungen verlor sich jede Spur.

„Und damit sagt sie feierlich: ‚Der Junge war mein Großvater! Ich sehe alles – er war ein schweigsamer Mann und sprach nie über sein Volk; aber ich hatte immer das Gefühl, dass es da ein Geheimnis gab, das hinter mir her war Seiner Meinung nach sind wir Cousins“, sagt sie. „Ich muss darauf bestehen, dass du in Red Towers zu Hause bleibst“, sagt sie.

„Während ich versuchte, es ihr so höflich zu sagen, dass es mir eine Freude wäre, aber leider würden meine Verabredungen meine Anwesenheit an einem anderen Ort erfordern, kamen Sie und Mr. Harry in den Wintergarten, und ich habe mich dazu gezwungen Flucht."

„Was hat dich jemals dazu gebracht, so unerhörte Lügen zu erzählen?“ Miss Ethel schnappte nach Luft.

„Es waren die Klamotten, die das bewirkt haben, Ma'am. Da ich als George Washington verkleidet war, fiel mir nichts Wahres ein, das man hätte sagen können.“

Miss Ethel ließ sich schlaff auf einen Stuhl fallen, lehnte ihren Kopf auf die Rückenlehne und lachte, bis sie weinte.

„Peter“, sagte sie und wischte sich die Tränen aus den Augen, „ich sehe nichts anderes ein, als dass ich dich entlassen muss. Ich würde es nie wieder wagen, dich an Mrs. Booth-Higby vorbeifahren zu lassen.“

„Es gibt nichts zu befürchten“, sagte Peter ruhig. „Sie wird mich nicht erkennen, Ma'am. Mrs. Booth-Higbys Augen sind nicht darauf gerichtet, einen Bräutigam zu sehen.“

VIII
Ein usurpiertes Vorrecht

Peter schaufelte einen Liter Hafer in eine Kiste, holte die Flasche mit dem Einreibemittel heraus, die der Tierarzt zurückgelassen hatte, und machte sich murrend auf den Weg zur unteren Wiese. Trixy hatte sich am Fuß verletzt und es war Billys Schuld. Ein Stallknecht, der nichts Besseres wusste, als an einem Tag, an dem die Fliegen schlecht waren, ein Pferd an einen Stacheldrahtzaun zu binden, sollte nach Peters Einschätzung entlassen werden.

Es fiel ihm schwer, Trixy zu fangen und das Einreibungsmittel aufzutragen, aber schließlich schaffte er es und ließ sich im Schatten der wuchernden Hecke nieder, die das Gelände von Willowbrook vom Jasper Place trennte. Er zündete sich seine Pfeife an und verfiel in eine träge Betrachtung der Weide – er dachte weder an Trixy noch an die Kühe oder irgendetwas anderes, das mit seinen Pflichten zu tun hatte, sondern spielte jetzt wie immer mit einer verherrlichten Vision von Annie, dem hübschesten kleinen Stubenmädchen der Welt die ganze weite Welt. Er war völlig verloren in seiner Umgebung, als ihn das Geräusch von Pistolenschüssen auf der anderen Seite der Hecke mit einem Ruck in die Gegenwart zurückholte.

„Was haben diese jungen Teufel jetzt vor?" murmelte er, als er sich aufrichtete, um durch die Zweige zu schauen.

Unten am Strand von Jasper war eine Gruppe Jungen zu sehen, die etwas wild auf ein Ziel feuerten, das sie am Ufer aufgestellt hatten. Peter kniff die Augen zusammen und spähte genau hin; Einer der Jungen war Bobby Carter, und Peter vermutete mehr als, dass der Revolver seinem Vater gehörte. Dem Jungen war es strengstens verboten, mit Schusswaffen zu spielen, und Peters erster Impuls war, sich einzumischen; aber als er es sich noch einmal überlegte, zögerte er. Bobby war erst dreizehn und spürte, wie wichtig es war, kein kleiner Junge mehr zu sein. Er würde es nicht mögen, wenn man ihm sagte, er solle nach Hause kommen und sich um seinen Vater kümmern.

Während Peter zögernd dastand, ertönte plötzlich ein verängstigtes Kreischen, und er sah, wie eines von Mr. Jaspers Perlhühnern ein paar Meter in die Luft flog und schwer zu Boden fiel. Im selben Moment erschien Patrick oben auf der Wiese, lief auf den Tatort zu und schrie bedrohlich, während er näherkam. Die Jungs brachen zusammen und rannten davon. Sie stürzten ein paar Meter von Peter entfernt durch die Hecke und suchten in einem Weidenbüschel Schutz. Peter erkannte sie alle – Bobby und Bert Holliday und die beiden Hartridge-Jungen, letztere der Schrecken aller wohlerzogenen Eltern. Er sah, wie sie sich trennten, wie die beiden Hartridge-Jungen zur Straße gingen, während Bobby und Bert Holliday sich dem Haus zuwandten und vorsichtig unter der Bank blieben, während Bobby im Laufen den Revolver in seiner Jacke zuknöpfte. Peter kauerte unter den Zweigen und legte sich nieder; er hatte keine Lust, als Zeuge in den Fall geladen zu werden.

Patrick keuchte zur Hecke und überblickte mit einem enttäuschten Grunzen den leeren Wiesenstreifen. Er erhaschte einen Blick auf die Hartridge-Jungs, als sie über den Zaun zur Hauptstraße kletterten, aber sie waren zu weit entfernt, um sie zu erkennen. Er wischte sich die Stirn und schlenderte zurück, um den Körper des Perlhuhns zu untersuchen. Der arme Patrick war weder so schlank noch so jung wie vor zwanzig Jahren, als er in Mr. Jaspers Dienst trat; Während er täglich Peters Sorgen hinter der Hecke beobachtete, dankte er den Heiligen dafür, dass es in der Familie Jasper keine Jungen gab.

Peter wartete, bis Patrick außer Sichtweite war, dann erhob er sich und wandte sich wieder den Ställen zu. Auf dem Weg traf er Bobby und Bert Holliday, bewaffnet mit einem Netz, einem Korb und einem großzügigen Stück rohem Fleisch.

„Hallo, Pete!" Bobby begrüßte ihn fröhlich. „Wir gehen Krabben fangen, Bert und ich. Wenn Sie hören, wie Nora nach etwas Suppenfleisch fragt, das aus dem Kühlschrank gelaufen ist, lassen Sie sich nicht anmerken, dass Sie es kennengelernt haben."

"Vertrau mir!" sagte Peter mit einem antwortenden Grinsen; aber er drehte sich um und sah den Jungen ein wenig nüchtern nach.

Bobbys Eskapade mit dem Revolver war etwas ganz anderes als so leichte Vergehen wie das Entwenden von Angelködern aus der Küche. Peter war der festen Überzeugung, dass Mr. Carter es wissen sollte, aber er schreckte vor dem Gedanken zurück, es zu erzählen. Zum einen hasste er es, Geschichten zu erzählen; Zum anderen hatte er eine Ahnung, in welche Richtung Bobbys Bestrafung gehen würde.

Als indirekte Folge seines dreizehnten Geburtstags sollte der Junge ein neues Pferd bekommen – kein weiteres Pony, sondern ein erwachsenes Pferd – vorausgesetzt, es war immer brav. Da Mr. Carter mit Geschäften außerhalb der Stadt beschäftigt war, war er nicht in der Lage, der Angelegenheit seine unmittelbare Aufmerksamkeit zu widmen; und der arme Bobby hatte fast einen Monat lang auf den kalten Höhen der Tugend gelebt. Er hatte etwa eine Woche zuvor einen leichten dreitägigen Masernanfall erlitten, den er mit einer süßen Sanftmut ertragen hatte, die seiner Natur völlig fremd war. Peter hatte die Diagnose des Falles durch den Arzt offen erkundet.

„Ratten!" bemerkte er zu Annie, nachdem er die gesprenkelte Oberfläche des Jungen betrachtet hatte. „Das sind keine Masern. Es ist seine natürliche Krankheit, die sich entwickelt. Ich wusste, dass es für ihn nicht gesund wäre, so gut zu sein. Wenn Mr. Carter sich nicht bald zu einer Entscheidung über das Pferd entschließt, wird der Junge einziehen." Eine Absage."

Aber schließlich stand die Frage kurz davor, geklärt zu werden. Nachdem Mr. Carter jeden Pferdehändler in der Nachbarschaft besucht hatte, war er mit seiner sorgfältigen und methodischen Art fast zu einer Entscheidung gelangt. Die Wahl fiel auf einen drahtigen kleinen Mustang, dünngliedrig und zum Laufen gebaut; Er konnte sogar Blue Gypsy einige nützliche Lektionen in Sachen Geschwindigkeit erteilen, und sie hatte einen Rennsport-Stammbaum, der vier Generationen lang reichte. Peter hatte sich in den Mustang verliebt; er wollte es fast genauso sehr wie Bobby. Und er erkannte, dass diese nächsten Tage eine kritische Zeit waren; Wenn der Junge bei einer Straftat gegen Schwarze entdeckt würde, würde das Pferd auf seinen vierzehnten Geburtstag verschoben. Sein Vater hatte ein untrügliches Pflichtbewusstsein, wenn es um Strafen ging.

Es war Samstag und Mr. Carter würde mit dem Mittagszug unterwegs sein. Peter fuhr zum Bahnhof, um ihn abzuholen, und runzelte immer noch die Stirn über die Frage nach Bobby und dem Revolver. Er beschloss schließlich, den Jungen zu warnen; Sollte es zu einer Wiederholung des Vergehens kommen, bliebe genügend Zeit zum Reden. Mr. Carter erwies sich als ungewöhnlich freundlich. Er plauderte die ganze Zeit über über Angelegenheiten, die die Ställe betrafen; und als sie an der *Porte-Cochère* anhielten, blieb er stehen und fragte:

„Ah, Peter, was denkst du über diesen neuen Mustang für Master Bobby?"

„Er ist ein gutes Pferd, Sir, obwohl ich vermute, dass er nicht allzu stark pleite ist. Aber er hat ein gutes Paar Beine – ich sollte sagen zwei Paar, Sir – und einen guten Wind. Das ist die Hauptsache. Wir können sein Training zu Ende bringen." uns selbst."

„Dann raten Sie mir, ihn zu holen?"

„Ich sollte sagen, dass Sie keinen Fehler machen würden. Ich würde mich freuen, Sir, Meister Bobby mit einem eigenen Pferd zu sehen. Er wird zu schwer für Toddles."

„Sehr gut. Ich werde es tun. Du kannst Blue Gypsy gleich nach dem Mittagessen satteln lassen und ich werde zu Shannon Farms reiten und den Deal abschließen."

Um zwei Uhr stand Blue Gypsy ungeduldig scharrend vor der Bibliothekstür und Peter tätschelte beruhigend ihren Hals. Mr. Carter blieb auf der Treppe stehen und betrachtete ihren glänzenden Mantel mit der gefälligen Zustimmung des Eigentümers.

„Ein ziemlich gutes Tier, nicht wahr, Peter?“

„Das ist sie“, sagte Peter herzlich. „Du würdest lange suchen, bevor –“

Sein Satz brach mittendrin ab, als sein Blick zum Rasenstück hinter der Hecke wanderte. Patrick eilte mit einem weißen Umschlag in der Hand auf sie zu, offensichtlich darauf bedacht, das Loch in der Hecke und Mr. Carters Seite zu erobern, bevor dieser Herr ging. Peter versuchte, seinen Ausrutscher zu vertuschen und seinen Herrn zum Aufsitzen und Wegreiten zu bewegen; aber es war zu spät.

„Hier, Peter, halte sie einfach noch eine Minute. Ich denke, dieser Zettel ist für mich.“

Patrick zwängte sich mit einiger Mühe durch das Loch – es war ursprünglich von Mr. Harry gemacht worden, damit er hinüberlaufen und Miss Ethel besuchen konnte, ohne umhergehen zu müssen; und Mr. Harry war dünn. Patrick kam mit struppigen und aufgedunsenen Haaren heraus. Er stand ängstlich da und wischte sich die Stirn, während Mr. Carter die Notiz las. Peter musterte seinen Herrn ebenfalls mit einem Anflug von Sorge; Er hatte eine Vorahnung, dass der Inhalt des Briefes für die Sache des neuen Mustangs nichts Gutes bedeutete.

Mr. Carter ließ seinen Blick über die Seite schweifen, runzelte schnell die Stirn und sah dann den Mann an.

„Du hast gesehen, wie mein Sohn das Perlhuhn erschossen hat?“

„Nein, Sir – das heißt, Sir, ich bin mir nicht sicher. Mr. Jasper, er hat mich gefragt, für wen ich die Jungs halte, und ich habe ihm gesagt, dass ich nicht nah genug herangekommen bin, um sie zu sehen, aber ich habe mir eingebildet, einer sei Bobby Carter , weil sie in diese Richtung liefen, und ich dachte, ich hätte Master Bobbys Beine erkannt, als er unter der Hecke kroch. Ich sagte Mr. Jasper, es sei nur eine Vermutung, aber er sei wütend, weil sie eine seiner preisgekrönten Hühner sei, und er sagte, er sei „ Ich würde Ihnen einfach eine Nachricht zukommen lassen und Sie der Sache nachgehen lassen, sagte er, wenn Master Bobby mit Schusswaffen spielen würde, und Sie müssten es wissen.

„Ja, sicherlich; ich verstehe.“

Mr. Carter erhob seine Stimme und rief dem Jungen zu, der auf einer Bank am Tennisplatz lag.

„Bobby! Komm her."

Er riss sich in gehorsamer Eile zusammen und näherte sich etwas ängstlich seinem Vater, als sein Blick auf Patrick fiel.

„Bobby, hier ist eine Notiz von Mr. Jasper. Er sagt, dass ein paar Jungen heute Morgen auf eine Zielscheibe an seinem Strand geschossen und dabei eines seiner wertvollen Perlhühner getötet haben. Er ist sich nicht sicher, aber er denkt, dass Sie einer gewesen sein könnten von ihnen. Wie wäre es damit?

Bobby sah einen Moment lang verständnislos aus, während er Patrick heimlich musterte. Die Miene des Mannes war entschuldigend; Seine Anschuldigungen beruhten offensichtlich eher auf Verdächtigungen als auf Beweisen.

„Ich war heute Morgen mit Bert Holliday auf Krabbenjagd", sagte Bobby.

"Ah!" Das Gesicht seines Vaters hellte sich auf, obwohl er immer noch seinen strengen Ton beibehielt. „Ich habe dir strikte Anweisungen gegeben, erinnerst du dich, meinen Revolver niemals anzufassen, wenn ich nicht bei dir war?"

"Ja Vater."

„Du hast es nie berührt?"

"NEIN." Bobbys Tonfall war kaum zu hören.

„Sprich laut! Ich kann dich nicht hören."

"NEIN!" schnappte Bobby.

„Verhalten Sie sich nicht so. Ich beschuldige Sie nicht. Ich möchte nur die Wahrheit wissen." Mr. Carter wandte sich an Patrick, der nervös an seinem Hut herumfummelte. „Sehen Sie, Patrick, Sie haben sich geirrt. Sagen Sie Mr. Jasper, dass mir das mit dem Perlhuhn leidtut, aber dass Master Bobby nichts mit der Schießerei zu tun hatte."

Er entließ den Mann mit einem Nicken, stieg auf und ritt davon.

Peter sah ihm nach, bis er außer Sichtweite war, dann drehte er sich um und überquerte den Rasen zum Tennisplatz. Bobby saß wieder auf seiner Bank und schnitzte seinen Namen in den Griff eines Schlägers, obwohl sein Gesicht, wie Peter bemerkte, nicht viel Freude an der Arbeit ausdrückte. Er blickte achtlos auf, als Peter näher kam, aber als er den Ausdruck in Peters Augen bemerkte, errötete er schnell und widmete sich mit großer Aufmerksamkeit der Formung eines „C".

Peter setzte sich ans Ende der Bank und betrachtete ihn nüchtern. Er war sich selbst nicht sicher, wie er mit dem Fall umgehen sollte, aber er wusste, dass er behandelt werden musste, und zwar drastisch. Peter war keineswegs ein Puritaner. Der Junge konnte jede Menge Unfug anrichten – Krabben fangen statt in die Sonntagsschule gehen, im neu entstandenen Garten Fuchs und Gänse spielen, Fenster und Brutstätten einschlagen, Kuchen aus der Speisekammer und Pfirsiche aus dem Obstgarten von Richter Benedict stehlen, und Peter würde immer Schutz bieten ihn. Sein Moralkodex war weit gefasst, aber wo er die Grenze zog, zog er sie eng. Bobbys Sünden müssen die Sünden eines Gentlemans sein, und Peters Definition von „Gentleman" war altmodisch und streng.

Bobby wurde unter dem stillen Blick unruhig.

"Was willst du?" fragte er verärgert. „Wenn du nicht aufpasst, schneide ich mir in die Hand."

Er schloss die große Klinge mit einer unbekümmerten Miene, öffnete eine kleinere und machte sich wieder an die Arbeit. Das Messer war mit fünf Klingen und einem Korkenzieher ausgestattet; Es war eine der Würden, die Bobby an seinem jüngsten Geburtstag erlangt hatte. Peter streckte seine Hand aus, ergriff das Messer, klappte es zu und gab es zurück.

„Steck es in deine Tasche und pass auf mich auf."

„Oh, mach dir keine Sorgen, Pete. Ich bin beschäftigt."

„Dein Vater wird bald zu Hause sein", sagte Peter bedeutungsvoll.

„Nun, feuern Sie voraus. Was wollen Sie?"

„Du hast gelogen – zwei von ihnen, um genau zu sein. Du warst einer von den Jungs, die das Huhn geschossen haben, und du hattest die Pistole."

„Ich habe nicht auf sein altes Huhn geschossen. Es war Bert Holliday.

„Er hatte nicht das Recht, zu feuern. Aber es ist nicht das Huhn, um das ich trauere; es ist die Lüge."

„Das geht dich nichts an", sagte Bobby mürrisch.

„Dann werde ich es mir zur Aufgabe machen! Entweder du gehst zu deinem Vater und erzählst ihm, dass du gelogen hast, oder ich werde es tun. Du kannst deine Wahl treffen."

„Peter", begann Bobby zu flehen, „er wird mir den Mustang nicht geben – du weißt, dass er es nicht tun wird." Ich wollte den Revolver nicht anfassen, aber Bert vergaß sein Luftgewehr, und die Jungs warteten darauf, es zu bekommen ein Schießwettbewerb. Ich werde es nicht noch einmal machen – ehrlich, Peter – ich hoffe, dass ich sterbe."

„Es nützt nichts, Master Bobby. Sie können mich nicht umschmeicheln. Sie haben gelogen und müssen bestraft werden. Gentlemen lügen nicht – zumindest nicht direkt, zumindest nicht direkt. Sie engagieren einen Anwalt wie Judge Benedict, es für sie zu tun. Wenn du so weitermachst, wirst du wie der Richter selbst werden."

Bobby lächelte matt. Peter wusste genau, dass der Richter aufgrund eines unglücklichen Treffens unter den Pfirsichbäumen seine größte Abneigung war.

„Du hast selbst viele Lügen erzählt!"

„Es gibt verschiedene Arten von Lügen", sagte Peter, „und diese Art erzähle ich nicht. Es ist nicht so, dass ich gerne Geschichten erzähle", fügte er hinzu, „aber ich möchte es." Sieh zu, dass du zu einem Vollblut heranwächst.

Bobby änderte seine Taktik.

„Vater wird sich furchtbar schlecht fühlen; ich hasse es, wenn er es herausfindet."

Peter unterdrückte ein Grinsen.

„Jungen sollten immer Rücksicht auf die Gefühle ihrer Väter nehmen", räumte er ein.

„Und du weißt, Pete, dass du willst, dass ich den Mustang habe. Du hast selbst gesagt, dass es eine Schande für einen großen Jungen wie mich wäre, Toddles zu reiten."

Peter verschränkte die Arme und betrachtete einen Moment mit nachdenklichem Blick die Entfernung. Dann stand er seinem Begleiter mit der Miene gegenüber, als würde er ein Ultimatum aussprechen.

„Ich werde Ihnen sagen, was ich tun werde, Meister Bobby, da Sie so sehr daran interessiert sind, die Gefühle Ihres Vaters zu retten. Ich bin damit einverstanden, die Angelegenheit nicht zu erwähnen, und am Ende können Sie Ihre Strafe von mir nehmen." ein Riemen."

Bobby starrte.

„Meinst du", keuchte er, „dass du mich auspeitschen willst?"

„Naja, nein, ich kann es nicht so sagen, wie ich *will*, aber ich glaube, das bin ich Idiot. Wenn du ein Stallbursche wärst und ich dich bei einer solchen Lüge ertappen würde, würde ich dich schlagen, bis du es nicht mehr ertragen kannst ."

„Ich wurde noch nie in meinem Leben ausgepeitscht!"

„Umso mehr brauchen Sie es jetzt. Ich habe oft gedacht, Master Bobby, dass Ihnen ein gründliches Lecken gut tun würde."

Bobby sprang auf.

„Sag es ihm, wenn du willst. Es ist mir egal!"

„Ganz wie es Ihnen gefällt. Er ist gerade bei Shannon Farms und kauft den Mustang. Wenn er zurückkommt und herausfindet, dass sein Sohn ein Lügner und Feigling ist, wird er das Pferd telefonisch zurückgeben."

Bobbys Flug wurde unterbrochen, während er schwankend zwischen Empörung und Verlangen schwankte.

„Da ist es", sagte Peter. „Ich werde mein Wort nicht zurücknehmen. Entweder du behältst ein ganzes Fell und reitest Toddles noch ein Jahr, oder du lässt dich wie ein Mann lecken und schnappst dir das Pferd. Du kannst eine Stunde Zeit haben, darüber nachzudenken."

Er stand auf und schlenderte unbekümmert zu den Ställen. Bobby starrte ihm nach, in seinem sommersprossigen Gesicht kämpften verschiedene Gefühle um die Vorherrschaft; Dann steckte er die Hände tief in die Taschen und bog mit dem Versuch einer Prahlerei den Weg entlang, als er an der Stalltür vorbeikam. Am Tor der Koppel steckte Toddles seinen zottigen kleinen Kopf durch die Gitterstäbe und wieherte eindringlich. Aber anstatt ihm das erwartete Stück Zucker zu geben, schubste Bobby ihn heftig mit dem Ellbogen und schlurfte weiter. Er setzte sich unsicher auf das obere Geländer des Weidezauns und machte sich daran, mit seinem neuen Messer Löcher in den Wald zu graben, während er über die beiden Alternativen nachdachte, die er in Betracht ziehen sollte.

Sie empfanden ihn als gleichermaßen abstoßend. Erst an diesem Morgen hatte er die Jungen unvorsichtig darüber informiert, dass sein Vater ihm einen Mustang kaufen würde – einen braun-weißen Zirkusmustang, der darauf trainiert war, auf den Hinterbeinen zu stehen. Die Demütigung, das Pferd zu verlieren, war für ihn unerträglich. Andererseits aber auch wie ein Stallknecht geschlagen zu werden, weil er gelogen hat! Er hatte gegenüber den Hartridge-Jungen, die keine solche Immunität genossen, damit geprahlt, dass er noch nie in seinem Leben eine Auspeitschung erhalten habe. Er hätte es vielleicht vor seinem Vater ausgehalten – aber vor Peter! Peter, der immer sein treuester Verbündeter gewesen war, der gelegentlich sogar selbst von der strengen Wahrheit abgewichen war, um Bobby vor der Gerechtigkeit zu schützen. Der Junge hatte bereits seine volle Elternquote; es gefiel ihm nicht, dass Peter die Rolle usurpierte.

Dreißig Minuten lang balancierte er auf dem Zaun und testete erst das eine, dann das andere Horn seines Dilemmas. Doch plötzlich sah er auf der anderen Seite der Felder, wo die Landstraße sichtbar war, ein Pferd und einen Reiter, die sich im schnellen Galopp näherten. Er rutschte herunter und ging mit grimmiger Entschlossenheit zu den Ställen.

Peter war in der Geschirrkammer damit beschäftigt, den Schrank auszuräumen. Der Boden war mit Schnallen, Riemen und Pferdemedizin übersät.

"Also?" erkundigte er sich, als Bobby in der Tür erschien.

„Du kannst mich lecken, wenn du willst", sagte Bobby, „aber ich sage dir jetzt, *ich werde es dir zurückzahlen* !"

"In Ordnung!" sagte Peter fröhlich und griff nach einem Riemen, der hinter der Tür hing. „Ich bin bereit, wenn du es bist. Wir gehen in die untere Wiese hinunter, wo es keine Unterbrechung geben wird."

Er ging voran und Bobby folgte ein Dutzend Schritte hinter ihm. Sie machten in einer abgelegenen Weidengruppe Pause.

„Zieh deinen Mantel aus", sagte Peter.

Bobby warf ihm einen flehenden Blick zu, doch sein Gesichtsausdruck blieb unnachgiebig.

„Zieh es aus", wiederholte er.

Bobby gehorchte wortlos und sein eigenes Gesicht wurde weiß.

Peter legte sich sechs Mal auf den Riemen. Er milderte die Schläge nicht im Geringsten; Es war genau die gleiche Auspeitschung, die ein Stallbursche unter den gleichen Umständen erhalten hätte. Zwei Tränen liefen Bobby über die Wangen, aber er presste seinen Kiefer fest zusammen und nahm es wie ein Mann. Peter ließ den Riemen fallen.

„Es tut mir leid, Meister Bobby. Es hat mir nicht besser gefallen als Ihnen, aber es musste getan werden. Sind wir Freunde?" er streckte seine Hand aus.

„Nein, wir sind keine Freunde!" Bobby schnappte. Er drehte sich um und zog seinen Mantel an; dann machte er sich auf den Weg zum Haus. „Es wird dir leid tun", warf er über seine Schulter.

In den nächsten Tagen ignorierte Bobby Peter. Wenn er in der Nähe der Ställe etwas zu tun hatte, wandte er sich demonstrativ an einen der

Untermänner. Der Bruch ihrer Freundschaft blieb nicht unbemerkt, obwohl die Bräutigame bald herausfanden, dass es sich nicht lohnte, über das Thema scherzhaft zu sein. Als Gegenleistung für einige scherzhafte Bemerkungen verbrachte Billy einen Nachmittag damit, den ohnehin schon brillanten Kutschenlampen einen überflüssigen Glanz zu verleihen.

Der Mustang kam an, wurde Apache getauft und einem Boxenstall zugewiesen. Er hatte ein leicht bösartiges Auge und eine Tendenz zum Bocken, was zwei der Pferdepfleger zu ihrem Nachteil feststellen mussten, als sie versuchten, ihn ohne Sattel auf der Koppel zu reiten. Peter schüttelte zweifelnd den Kopf, als er zusah, wie der zweite Stallknecht abstieg.

„Wir werden diesem Pferd eine Kandare anbringen. Ich mag nicht nur sein Aussehen für einen jungen Reiter.“

„Huh!“ sagte Billy, „Meister Bobby ist nicht so ein Baby, wie alle denken; er kommt gut mit ihm klar.“

An diesem Nachmittag kam aus dem Haus die Nachricht, dass Bobby den neuen Mustang ausprobieren würde. Billy sattelte die Pferde – Apache und Blue Gypsy für Miss Ethel und einen Cob für Peter – und führte sie hinaus, während Peter in seiner makellosesten Reitkleidung hinterher stolzierte. Die Dienstmädchen waren alle auf der hinteren Veranda und die Familie an der *Porte-Cochère,* um die Abreise zu beobachten. Bobby wollte keine Hilfe annehmen, stieg aber mit einem Hauch von Stolz vom Boden auf. Apache stürzte ein wenig, aber der Junge war ein Reiter und blieb im Sattel.

„Sei vorsichtig, Bobby“, warnte seine Mutter.

„Um mich brauchst du dir keine Sorgen zu machen“, rief Bobby fröhlich zurück. „Ich habe keine Angst vor lebenden Pferden!“

Blue Gypsy stand nie gut da, und Miss Ethel war schon weg. Bobby wollte ihm folgen, aber er drehte sich um und sagte:

„Du kommst, Billy; ich will Peter nicht.“

„Bobby, mein Lieber“, protestierte seine Mutter, „du kennst das Pferd nicht; es wäre sicherer –“

„Ich will Billy! Ich werde nicht gehen, wenn Peter mitkommen muss.“

Peter nahm seinen Fuß vom Steigbügel und reichte das Pferd dem Stallknecht. Die Kavallerie marschierte ratternd davon, und er ging langsam zurück zu den Ställen. Er spürte die Demütigung deutlich. Er konnte sich daran erinnern, wie er Bobby, ein Baby in kurzen Kleidern, auf dem Rücken des Jägers seines Vaters gehalten hatte, als er den kleinen Händen zum ersten

Mal beigebracht hatte, sich um ein Zaumzeug zu schließen. Und jetzt, wo der Junge sein erstes Pferd hatte, nicht zu gehen! Peters Gefühle für Bobby waren fast väterlich; Die Kränkung verletzte nicht nur seinen Stolz, sondern auch seine Zuneigung.

Er verbrachte eine Stunde damit, im Wagenraum herumzutollen, einen fröhlichen Two-Step zu pfiffen und vergeblich so zu tun, als sei er in einer fröhlichen Stimmung. Dann wurden seine Musik und seine Gedanken plötzlich durch das lange und eindringliche Läuten der Haustelefonklingel unterbrochen. Er sprang zum Instrument und hörte Annies Stimme, ihre Worte wurden von ängstlichen Schluchzern unterbrochen.

„Oh, Pete! Bist du das? Etwas Schreckliches ist passiert. Es hat einen Unfall gegeben. Master Bobby wurde rausgeschmissen. Der Arzt hat angerufen, um ein Zimmer fertig zu machen und eine Krankenschwester aus dem Krankenhaus hierher zu holen Du kannst und fahre ihr nach ins Krankenhaus. Oh, ich hoffe, er wird nicht sterben!“ sie jammerte.

Peter ließ den Hörer fallen und rannte zu Arabs Box. Er führte ihn hinaus und warf das Geschirr mit zitternden Händen an, so dass sie kaum eine Schnalle schließen konnten.

„Warum kann ich nicht lernen, mich um meine eigenen Angelegenheiten zu kümmern?“ er stöhnte. „Welches Recht habe ich, Master Bobby auszupeitschen?“

Die junge Frau, die Peter zurückbrachte, kam noch vor Ende der Fahrt zu dem Schluss, dass der Mann neben ihr verrückt sei. Als Gegenleistung für ihre Nachforschungen nach der Schwere des Unfalls konnte sie lediglich die zusammenhangslose Behauptung erhalten:

„Wahrscheinlich ist er inzwischen tot, Ma'am, und wenn ja, dann bin ich es, der es getan hat.“

Als sie am Willowbrook-Tor einbogen, strebte Peter nach vorne, um einen Blick auf das Haus zu erhaschen. Vor der *Porte-Cochère* wurde ein seltsames Coupé entworfen . Er zog Arab unwillkürlich zum Stehen und schaute weg, aber die Krankenschwester streckte die Hand aus und ergriff die Zügel.

„Hier, Mann, was ist los mit dir? Beeil dich! Vielleicht wollen sie, dass ich helfe, den Jungen reinzubringen.“

Peter fuhr weiter und saß da und starrte aus Holz, während sie zu Boden sprang und vorwärts eilte. Mrs. Carter und die Dienstmädchen waren in einer verängstigten Gruppe auf den Stufen versammelt. Er konnte Miss Ethel im Wagen wild rufen hören:

„Seien Sie schnell! Sein Kopf hat wieder angefangen zu bluten.“

Der Fahrer kletterte herunter, um dem Arzt zu helfen, ihn herauszuheben. Sie erschütterten ihn, als er die Stufen hinaufstieg, und er stöhnte leicht. Peter verfluchte die ungeschickten Füße des Mannes, obwohl er selbst um nichts mehr hätte aufstehen können, um ihnen zu helfen. Der Kopf des Jungen war mit einem Handtuch verbunden und er sah sehr schlaff und blass aus, aber als er seine Mutter sah, lächelte er schwach. Sie trugen ihn hinein, und die Diener drängten sich hinterher in dem verzweifelten Versuch, ihm zu helfen.

Peter fuhr weiter zum Stall und brachte Arab unter. Ein paar Minuten später kehrte Billy zurück und führte die beiden Pferde. Er war verängstigt und aufgeregt; und als er noch auf halber Strecke der Auffahrt war, brach er in einen Bericht über den Unfall ein.

„Es war nicht meine Schuld", rief er. „Miss Ethel sagte, es sei nicht meine Schuld. Wir trafen auf eine Mähmaschine und Apache rannte davon. Er warf den Jungen gegen eine Steinmauer , und als ich sie erreichte, fraß Apache Gras auf dem nächsten Feld und der Meister Bobby liegt mit aufgeschnittenem Kopf im Graben.

„Ich will nichts davon hören", gab Peter kurz zurück. „Stell die Pferde auf und verschwinde."

Er selbst nahm Apache den neuen Sattel und das neue Zaumzeug ab und trieb ihn mit einem heftigen Schlag in den Stall. Billy machte sich auf den Weg, um ein anerkennenderes Publikum zu finden, während Peter sich auf einen Hocker hinter der Stalltür fallen ließ und mit dem Kinn in den Händen das Haus beobachtete. Er sah, wie die Krankenschwester die Jalousien von Bobbys Zimmer weit aufzog und die Jalousien hochrollte; Er fragte sich mit einem erstickten Gefühl, was sie mit dem Jungen machten, dass sie so viel Licht brauchten. Er sah, wie Annie herauskam und ein paar Handtücher an die Leine hängte. Der ganze Anblick des Ortes hatte für Peters geschärfte Sinne einen Hauch tragischen Treibens. Niemand kam näher, um ihm zu sagen, wie es dem Jungen ging; er hatte nicht den Mut, zum Haus zu gehen und zu fragen. Er saß stumm da und wartete darauf, dass etwas passierte, während die Dämmerung in die Dämmerung überging. Einer der Stallburschen kam, um ihn zum Abendessen zu rufen, und er antwortete verärgert, dass er kein Abendessen wollte. Plötzlich hörte er einen Schritt auf dem Kies knirschen, und als er aufblickte, sah er, dass Annie auf ihn zukam.

„Ist – ist er tot?" er flüsterte.

„Er wird nicht sterben. Ihm geht es jetzt besser; sie haben das Loch in seinem Kopf zugenäht. Der Arzt hat es mit einem Faden und einer Nadel gemacht, so wie man ein Kleid näht. Er hat zehn Stiche gemacht und Aber Meister

Bobby hat kein einziges Mal geweint; er wurde immer weißer und fiel in Ohnmacht, Pete, er wird wieder gesund.

Zärtlich legte sie ihre Hand auf sein Haar und strich es aus seiner Stirn. Er ergriff ihre Hand und hielt sie fest.

„Ich bin schuld daran, dass er verletzt wurde. Er wird nie wieder mit mir sprechen."

„Ja, das wird er. Er möchte jetzt mit dir sprechen. Sie haben mich losgeschickt, um dich zu holen."

"Mich?" fragte er und schreckte zurück. „Was will er von mir?"

„Er hat den Verstand verloren und nach dir gerufen; er will nicht schlafen, bis er dich sieht. Der Arzt hat gesagt, ich soll dich holen. Komm schon."

Annies Verhalten war beharrlich und Peter stand auf und folgte ihr.

„Hier ist er", flüsterte sie und schob ihn vor sich her in den abgedunkelten Raum.

Bobby machte eine halbe Bewegung, um sich umzudrehen, als die Tür knarrte, aber ein schneller Schmerz schoss durch seine Schulter und er fiel mit einem leichten Keuchen zurück.

„Pass auf dich auf, Bobby", warnte die Krankenschwester. „Du darfst dich nicht bewegen, sonst verletzt du den kranken Arm." Ihre Begrüßung an Peter war streng. „Du darfst fünf Minuten bleiben und pass auf, dass du ihn nicht erregst!" Sie beugte sich über den Jungen, um den Verband um seine Schulter zu lösen.

„Du gehst raus", sagte Bobby mürrisch. „Ich möchte Peter alleine sehen."

„Ja, Liebling", sie klopfte nachsichtig auf die Bettwäsche. „Denken Sie daran, fünf Minuten!" fügte sie hinzu, als sie die Tür schloss.

Die beiden, die allein blieben, starrten sich einen Moment lang ziemlich bewusst an. Sie hatten beide das Gefühl, dass der Anlass etwas Heroisches in Form einer Versöhnung erforderte, aber es war der natürliche Instinkt eines jeden, vor Gefühlen zu fliehen. Der Anblick von Bobbys blassem Gesicht und dem bandagierten Kopf hatte jedoch Auswirkungen auf Peters ohnehin schon überreizte Nerven.

„Ich bin ein tollpatschiger Idiot!" er stöhnte. „Ich weiß nicht, warum ich nicht lernen kann, mich um meine eigenen Angelegenheiten zu kümmern. Wenn ich es deinem Vater gesagt hätte, wie ich es war, hätte er dir nie diesen gefleckten Teufel von einem Pferd geschenkt."

„Du trägst keine Schuld, Pete. Ich schätze, die weitere Bestrafung hat mich verletzt, weil ich den ersten Schritt nicht in der richtigen Stimmung gemacht habe." Er kramte unter seinem Kissen herum und holte das neue Messer mit fünf Klingen heraus. „Dies dient der Erinnerung, und wann immer Sie es verwenden, werden Sie denken: ‚Ich war es, der Bobby Carter vom Lügen geheilt hat.'"

Peter nahm das Geschenk zögernd entgegen.

„Ich nehme es nicht gerne an", sagte er zweifelnd, „obwohl ich das Gefühl habe, dass ich es vielleicht tun sollte, denn wenn man fünf Klingen zur Auswahl hat, schneidet man dem verfluchten jungen Mann die Kehle durch – das würde ich hassen." die Ursache für weitere Unfälle sein. Er balancierte es nachdenklich in seiner Handfläche. „Aber ich denke", fügte er leise hinzu, „dass der Korkenzieher mir genauso viel Schaden zufügen könnte wie die fünf Klingen dir."

Bobby grinste anerkennend und streckte seine unverletzte linke Hand hin.

„Pete", sagte er, „wenn ich verspreche, nie wieder zu lügen, versprichst du mir dann, nie, nie diesen Korkenzieher zu benutzen?"

"Es ist ein Schnäppchen!" sagte Peter und ergriff die Hand des Jungen. „Und ich bin froh, dass wir wieder Freunde sind."

Sie starrten einander feierlich an und dachten nicht darüber nach, was sie noch hinzufügen könnten, als Peter plötzlich das Ticken der Uhr bemerkte.

„Heiliger Heiliger Patrick!" er ejakulierte. „Ich bin vor fünf Minuten aufgestanden. Ich muss mich verabschieden, sonst kommt die kommandierende junge Frau zurück und wirft mich hinaus."

Er ging zur Tür, blieb aber stehen und warf über die Schulter:

„Das Gleiche habe ich Annie bereits versprochen, also brauchst du nicht allzu viel Anerkennung für meine Bekehrung in Anspruch zu nehmen."

IX
FRAU. Carter als Schicksal

Als der Sommer zu Ende ging, sorgten die anderen Bediensteten für interessierte Kommentare über den Verlauf der Angelegenheiten zwischen Peter und Annie. Sie alle hatten gesehen, wie sich Peter von vielen beginnenden Liebesanfällen erholte, aber sie diagnostizierten einhellig, dass dies der Fall war. Joe und seine Frau besprachen die Angelegenheit nach seiner Rückkehr aus dem Krankenhaus und kamen zu dem Schluss, dass die Zeit für den Pferdestall definitiv gekommen sei; Fairerweise muss man sagen, dass Peter lange genug als Bräutigam gedient hatte. Im folgenden Frühjahr würden sie aus der Kutscherhütte ausziehen und den jungen Leuten eine Chance geben. Damit war der Weg frei für einen glücklichen Abschluss, und alle außer Peter und Annie selbst bereiteten sich darauf vor, bei der Hochzeit zu tanzen. Sie allein waren sich über den Ausgang nicht sicher. Keiner war sich ganz sicher, ob der andere es ernst meinte, und als es darauf ankam, waren sie beide etwas schüchtern. Annie lockte Peter mit lachenden Augen immer wieder in Versuchung, aber als er die Neigung zeigte, die Dinge selbst in die Hand zu nehmen, floh sie überstürzt.

Die beiden standen in einer Mondnacht auf der hinteren Veranda, und Annie war damit beschäftigt, Peter die Dame im Mond zu zeigen. Peter war entweder stur oder dumm; er erklärte offen, dass er keine „Loidy" sah und nicht glaubte, dass es eine gab. In ihrem Eifer für die Sache der Astronomie neigte Annie unvorsichtig ihren Kopf zu nahe heran, und während ihre Augen auf den Mond gerichtet waren, küsste Peter sie. Sie gab ihm eine kräftige Ohrfeige, wie es eine wohlerzogene junge Frau tun sollte, und floh ins Haus, bevor er sie fangen konnte. Peter, stark in seinem neu gefundenen Mut, wartete in der Hoffnung, dass sie wieder auftauchen würde; aber sie tat es nicht, und er ging schließlich in sein Zimmer über dem Kutschenhaus, wo er zwei Stunden oder länger am Fenster saß und ins Mondlicht hinausschaute, bevor er daran dachte, ins Bett zu gehen. Die Ohrfeige hatte weder ihn noch seine Gefühle verletzt; er mochte sie dadurch umso mehr. Sie war nicht wirklich sauer, dachte er vergnügt, denn sie hatte gelacht, als sie ihm die Tür vor der Nase zuschlug.

Am nächsten Morgen ging Peter mit singendem Herzen und vielen Blicken zu den Küchenfenstern seiner Arbeit nach. Er schüttete Wasser über den Stallboden und rieb die Pferde ab, während er sich glücklich darauf konzentrierte, was er Annie sagen würde, wenn er sie sah. Gegen zehn Uhr bestellte Mrs. Carter die Victoria, aber als die Kutschpferde in der Werkstatt beschlagen wurden, schickte Joe Peter herein, um zu fragen, ob Trixy und der Phaeton auch passen würden.

Peter ließ seinen Schwamm fallen und machte sich genau im falschen Moment auf den Weg zum Haus, um künftig beruhigt zu sein. Er kam gerade rechtzeitig an der Küchentür an, um zu sehen, wie der Mann vom Lebensmittelgeschäft seine Pakete auf den Tisch legte, Annie in die Arme nahm und sie mit einem Schlag küsste, der durch den Raum hallte und, für Peters empörte Sinne, durch alle hallen würde Zeit. Annie drehte sich mit einem erschrockenen Schrei um, und als ihr Blick auf Peter fiel, wurde ihr Gesicht angesichts des Ausdrucks in seinen Augen blass. Wortlos wirbelte er herum und schritt mit weißen Lippen und geballten Fäusten und Mord im Herzen für den Mann des Lebensmittelhändlers zurück zu den Ställen. Er hörte nicht, was Annie zu ihm sagte, und er wusste auch nicht, dass sie sich in ihrem Zimmer einschloss und weinte; Was er wusste, war, dass sie ihn zum Narren gehalten hatte und dass sie mit jedem Mann flirtete, der vorbeikam, und dass das nicht die Art von Mädchen war, mit der er etwas anfangen wollte.

Einige Tage zuvor, als Peter Mr. Lane, der erneut in Willowbrook zu Besuch war, und Master Bobby ins Dorf fuhren, hatte Annie im Vorbeigehen die vordere Veranda gekehrt und ein freundliches Lächeln in die Richtung des Karrens geworfen. Das Lächeln war für Peter gedacht, aber Mr. Lane hatte es bemerkt und zu Bobby gesagt:

„Das ist eine verdammt hübsche Magd, die du da hast."

„Annie ist das tyrannischste Dienstmädchen, das wir je hatten", hatte Bobby anerkennend erwidert. „Sie klaut Kuchen für mich, wenn Nora nicht hinschaut."

Aber Peter hatte wütend die Stirn gerunzelt, als er Mr. Lane sehnsüchtig musterte, und wünschte, er wäre kein Gentleman, damit er ihn schlagen könnte. Es ging Mr. Lane nichts an, ob Annie hübsch war oder nicht.

Damals konnte Annie nichts falsch machen, und Peter hatte nicht daran gedacht, ihr die allzu offene Bewunderung von Mr. Lane vorzuwerfen, aber jetzt warf er ihr wütend vor, sie habe versucht, mit Herren zu flirten, was sie nach Peters Einschätzung nicht tun konnte schlechter. Da er es keinem von beiden mit Blut herausnehmen konnte – nach dem seine Seele dürstete –, fügte er es dem Kontostand des Lebensmittelhändlers hinzu, und seine Finger juckten es förmlich, an der Arbeit zu sein. Der Lebensmittelhändler war genau der Typ Mann, den er am liebsten verprügelte – groß und üppig, mit lockigem Haar, einem schwarzen Schnurrbart und einem Grübchen im Kinn.

Annie verbrachte nach ihrem *Streit* mit dem Lebensmittelhändler einen elenden Tag. Vergeblich versuchte sie, mit Peter zu reden; er war nicht zu sehen. Billy war der Stallknecht, der für alle weiteren Besorgungen vom Stall aus zum Haus kam. An diesem Abend zog sie ihr schönstes Kleid an und saß zwei Stunden lang auf der obersten Stufe der hinteren Veranda, den Blick erwartungsvoll auf das Kutschenhaus gerichtet, und dann ging sie zu Bett und weinte. Hätte sie es nur gewusst, befand sich Peter auf einem freien Grundstück hinter Paddy Callahans Saloon und verwandelte glückselig die Gesichtszüge des Lebensmittelhändlers.

Annie verbrachte eine schlaflose Nacht, und am nächsten Morgen überwand sie ihren Stolz und ging zu den Ställen, in der Hoffnung, Peter allein zu sehen. Auch Peter hatte trotz seines Sieges am Abend die ganze Nacht über Wache gehalten. Er war gerade dabei, eines der Kutschpferde zu striegeln, als er sah, wie Annie das Haus verließ und langsam den Weg zu den Ställen hinunterkam. Plötzlich schlug ihm das Herz bis zum Mund, aber einen Moment später beugte er sich mit dem Rücken zur Tür über das Pferd und pfiff so fröhlich, als ob es ihm völlig egal wäre. Er hörte Annies zögernden Schritt auf der Schwelle, lächelte grimmig vor sich hin und pfiff umso lauter.

„Pete, ich möchte mit dir sprechen, wenn du nicht beschäftigt bist."

Peter blickte mit wohlvermuteter Überraschung auf. Er musterte Annie langsam und bedächtig und wandte sich dann wieder dem Pferd zu.

„Ach, aber ich bin beschäftigt", erwiderte er. "Hochheben!" Er gesellte sich zu dem Pferd und untersuchte sorgfältig seinen Fuß.

Annie wartete geduldig und kämpfte zwischen einem Gefühl des Stolzes, das sie dazu drängte, zurückzukehren und nie wieder mit Peter zu sprechen, und einem Gefühl der Scham, das ihr sagte, dass sie ihm eine Erklärung schuldig war.

„Pete", begann sie, und ihre Stimme klang ein wenig stockend, was Peter zu Herzen ging; In seinem Versuch, sich dem zu widersetzen und die gebührende Strafe für all das Leid zu verhängen, das sie ihm zugefügt hatte, war er härter, als er es sonst getan hätte. „Pete, ich wollte dir sagen, dass es nicht meine Schuld war. Er – er hat mich noch nie zuvor geküsst, und ich wusste nicht, dass er es damals tun würde."

Peter zuckte mit den Schultern.

„Du brauchst dich nicht bei mir zu entschuldigen. Ich interessiere mich nicht für deine Liebhaber. Wenn du dich bei irgendjemandem entschuldigen willst, dann geh und tu es bei seiner Frau."

"Seine Frau?" fragte Annie.

„Ja, seine Frau und seine drei Kinder."

„Ich wusste nicht, dass er verheiratet ist", sagte Annie und errötete erneut, „aber das ist kein Unterschied, denn es war nicht meine Schuld. Ich habe mich nie ein bisschen netter zu ihm verhalten als zu irgendeinem anderen Mann, und das ist der Grund." Wahrheit."

„Oh, du bist ein hübsches Mädchen, das bist du! Flirte mit den Ehemännern anderer Frauen und lasse dich von jedem Idioten, der vorbeikommt, küssen, wenn er will."

„Du brauchst nicht zu reden", rief Annie. „Du hast es selbst gemacht, und du bist nicht besser als der Lebensmittelhändler."

„Und denkst du, ich hätte es getan, wenn ich nicht gewusst hätte, dass du es willst?"

Annie lehnte sich mit dem Rücken zur Wand und starrte ihn mit geröteten Wangen und leuchtenden Augen sprachlos an, wütend auf sich selbst darüber, dass sie nicht in der Lage war, etwas zu sagen, das ihn genug verletzen würde. Als sie dort stand, kamen Master Bobby und Mr. Lane herein, die gerade auf dem Weg waren, die Zwinger zu besuchen. Mr. Lane schaute neugierig von dem wütenden Mädchen zu dem lässigen Bräutigam, der seine Arbeit wieder aufgenommen hatte und leise vor sich hin pfiff. Master Bobby, der nur auf Welpen bedacht war, ging weiter, ohne die beiden zu bemerken, aber Mr. Lane warf einen Blick über die Schulter auf Annies hübsches, gerötetes Gesicht und hielt inne, um zu fragen:

„Mein liebes Mädchen, hat dich dieser Kerl genervt?"

„Nein, nein!" Sagte Annie wild. „Gehen Sie bitte weg, Mr. Lane."

Mr. Lane blickte lachend von einem zum anderen. „Ah, ich verstehe! Ein Liebesstreit", und er folgte Master Bobby.

Peter wiederholte sein Lachen, und zwar in einem Tonfall, der Mr. Lane berechtigt hätte, ihn niederzuschlagen, wenn er es gehört hätte.

„Du bist also auch sein liebes Mädchen, oder? Er ist ein netter Herr, das ist er! Du solltest stolz auf ihn sein."

Annie richtete sich mit zurückgeworfenem Kopf auf.

„Peter Malone", platzte es aus ihr heraus, „ich bin hergekommen, um mich zu entschuldigen, denn ohne es böse zu meinen, dachte ich, ich würde dein Gefühl verletzen und schulde dir eine Erklärung. Ich hatte nie etwas damit zu tun." Dieser Lebensmittelhändler und auch kein anderer Mann, und du weißt, dass es so wahr ist, wie du da stehst, anstatt zu glauben, was ich sage, wie es ein Gentleman tun würde, beleidigst du mich schlimmer als irgendjemand sonst in der ganzen Welt „mein Leben, und ich werde nie wieder mit dir sprechen, solange ich lebe." Sie unterdrückte ein Schluchzen, drehte den Kopf hoch und ging zurück zum Haus.

Es gab schon früher Differenzen zwischen den beiden, aber nie etwas Derartiges. Peter, die Arme schlaff herabhängend, stand da und sah ihr nach, während die Worte, die sie gesprochen hatte, in seinen Ohren widerhallten. Plötzlich bekam er einen Kloß im Hals und er lehnte seinen Kopf an den Hals des Pferdes.

"Herr!" er flüsterte. "Was habe ich gemacht?"

Die folgende Woche war für beide eine Woche der äußerlichen Gleichgültigkeit und des inneren Elends. Annie trauerte, wenn sie allein war, aber unter den Augen der Ställe flirtete sie offen und ohne Gewissen mit einem der Maler, der gerade damit beschäftigt war, das Schindeldach des Jasper-Hauses neu zu färben. Peter beobachtete sie mit schwerem Herzen und fasste den mutigen Entschluss, nie wieder an sie zu denken, und dachte schließlich jede Minute des Tages an sie. Er unternahm einen unbeholfenen Versöhnungsversuch, der jedoch abgelehnt wurde, woraufhin auch er sich in einen rücksichtslosen Flirt mit Mary, dem Zimmermädchen, stürzte, das fett war und jeden Tag fünfunddreißig Jahre alt war. Da weder Peter noch Annie wissen konnten, wie erbärmlich diese Behandlung für den anderen war, empfand sie es kaum als Trost.

Annie saß mit nüchternem Gesicht am Küchentisch und polierte Silber. Seit dem historischen Besuch des Lebensmittelhändlers waren sechs Tage vergangen, und die Kriegswolken zeigten keine Anzeichen dafür, dass sie sich lichteten. In Willowbrook gab es viele Gäste, und die Arbeit lenkte ihn glücklicherweise ab. Mary hatte heute Morgen eine lange Reihe Decken und Vorhänge an die Leine zum Lüften gehängt, nur um, wie Annie wusste, in der Nähe der Ställe zu sein. Durch das offene Fenster war Peter zu sehen, wie er in der Tür des Kutschenhauses das Geschirr schmierte und scherzhafte Bemerkungen mit Mary austauschte. Annies Augen waren öfter im Freien als bei ihrer Arbeit. Nora, die auf der hinteren Veranda saß und Erbsen schälte, bemerkte Peters neu erwachtes Interesse an dem Zimmermädchen, aber da Annie nicht antwortete, wechselte sie klugerweise das Thema.

„Ich vermute, dass Mr. Lane, der hier zu Besuch ist, eine Menge Geld hat", rief sie zögernd.

„Das glaube ich", stimmte Annie gleichgültig zu.

„Er scheint von Miss Ethel ziemlich angetan zu sein. Das war ein furchtbar rosafarbenes Kleid, das sie letzte Nacht anhatte. Mrs. Carter würde sich bestimmt freuen."

Annie nahm diese Bemerkung schweigend auf, aber Nora ließ sich nicht entmutigen. Sie hatte das Gefühl, dass dieser neue Anfall von Schweigsamkeit Annies sie ihrer Rechte beraubte. Eine Magd, deren Pflichten sie in den vorderen Teil des Hauses führen, ist in der Lage, genauere Gerüchte zu verbreiten, als sie einer Köchin bekannt sind, und es ist ihre Aufgabe, diese zu liefern.

„Mr. Harry würde sich schrecklich fühlen, wenn er so mit ihr aufgewachsen wäre", fuhr Nora fort. „Er sieht von den beiden am besten aus, und ich glaube, Miss Ethel weiß das. Es wäre auch praktisch, wenn die Plätze zusammengelegt wären. Die Jaspers haben genug Geld und er ist der einzige Sohn." „Ich schätze, sie würden nicht verhungern, wenn sie ihn heiraten würde. Mir ist immer aufgefallen, dass die Leute, die das meiste Geld haben, am meisten brauchen", fügte sie hinzu.

Annie wachte plötzlich auf.

„Ich auch nicht. Er ist zu frisch."

„Das denke ich selbst", sagte Nora herzlich. „Und ich vermute, dass das auch bei Mr. Harry der Fall ist. Mir ist aufgefallen, dass er nicht mehr oft da war, seit Mr. Lane hier ist."

Annies Gedanken waren wieder abgeschweift. Ihre eigenen Angelegenheiten erforderten in letzter Zeit so viel Aufmerksamkeit, dass die von Miss Ethel kein Interesse mehr darstellten. Draußen im Stall verkündete Peter in einem Tonfall, der bis in die Küche reichte: „Für mich gibt es nur ein Mädchen auf dieser Welt." Annies Lippen bebten leicht, als sie ihn hörte; Eine Woche zuvor hatte sie über dasselbe Lied gelacht, aber beim jetzigen Stand der Dinge war es eine Beleidigung.

Als die Erbsen fertig waren, nahm Nora die gelbe Schüssel unter ihren Arm und kehrte in die Küche zurück, wo sie ihre Aufmerksamkeit auf Annie und das Silber konzentrierte.

„Ich glaube, du musst verliebt sein!" erklärte sie. „Während ich zugesehen habe, hast du denselben Löffel dreimal gereinigt, und gestern Abend hast du die Teller für das Abendessen nicht gezählt, und du hast vergessen, ihnen Butter zum Frühstück zu geben."

Annie errötete schuldbewusst angesichts dieser vernichtenden Menge an Beweisen und lachte dann. „Wenn ich verliebt bin, weine ich immer, wenn ich Dinge vergesse, dann muss ich verliebt sein, seit ich in der Wiege liegt."

„Und da ist er, der in dich verliebt wäre, wenn du dich nur anständig zu ihm verhalten würdest – und ich meine nicht den Maler."

Annie beschloss, diese Bemerkung zu übergehen, und Noras Geselligkeit wurde durch das Eintreten von Mrs. Carter unterdrückt.

„Wir haben beschlossen, heute Abend ein Picknick am Strand zu machen, Nora", sagte sie. „Sie müssen für niemanden außer Mr. Carter das Abendessen besorgen."

„Sehr gut, Ma'am."

„Es tut mir leid, dass das an deinem Nachmittag passiert, Annie", fügte sie hinzu und wandte sich an das Dienstmädchen, „aber ich werde dich beim Picknick brauchen, um beim Servieren zu helfen."

„Sicher, Ma'am", sagte Annie. „Es ist mir sowieso egal, auszugehen."

„Wir fangen am frühen Nachmittag an, aber ich möchte, dass du wartest und Nora mit den Sandwiches hilfst, und dann kann Peter dich gegen sechs Uhr im Hundekarren rausfahren."

Annies Gesicht verfinsterte sich schlagartig.

„Bitte, Ma'am", stammelte sie, „ich denke – das heißt, wenn Sie bitte –" sie zögerte und sah sich verzweifelt um. „Ich fürchte, wenn du auf der Suche nach Kaffee bist, kann ich es nicht richtig machen. Ich bin mir nie sicher, ob ich zweimal hintereinander Kaffee bekomme, und ich würde es hassen, ihn zu verderben, wenn Besuch da ist. Wenn Sie könnten Nora anstelle von mir nehmen, Ma'am, ich könnte gerade das schöne Abendessen für Mr. Carter besorgen, wenn er kommt.

„Aber Annie", protestierte sie, „Sie haben bisher immer ausgezeichneten Kaffee gemacht und Nora bedient nicht den Tisch. Ist es, weil Sie heute Nachmittag ausgehen möchten? Es tut mir leid, aber Sie müssen warten, bis Miss Ethels Gäste gegangen sind."

„Nein, Ma'am", sagte Annie hastig. „Ich brauche den Nachmittag nicht und bin bereit, Miss Ethel zu helfen, aber – nur – sagen Sie Peter, Ma'am, von dem Wagen?", schloss sie lahm, „denn wenn ich es ihm sage, kommt er wahrscheinlich zu spät."

Mrs. Carter verließ die Küchentür und überquerte den Rasen in Richtung der Ställe, wobei sie währenddessen einen scharfen Blick auf das Gelände warf, um sicherzustellen, dass alles so war, wie es sein sollte. Mary schüttelte die Decken mit einer Miene tiefer Versunkenheit; Peter war fleißig damit beschäftigt, das bereits saubere Geschirr zu reinigen, und drinnen hörte man Joe, wie er Billy eifrig sagte, er solle das andere Rad einfetten und sich beeilen. Sofern Mrs. Carter sich nicht sehr leise näherte, stellte sie immer fest, dass ihre Bediensteten sich um nichts außer ihren verschiedenen Pflichten kümmerten. Als sie sich der Tür näherte, erhob sich Peter vom Geschirr und berührte respektvoll seine Mütze mit einer sehr schmutzigen Hand, während der Kutscher mit einem letzten Befehl über die Schulter an einen von Stirnrunzeln gezeichneten Stallburschen eilig herbeikam und bei ihr stand Aufmerksamkeit.

„Joe, wir werden heute Nachmittag ein Picknick am Strand machen, und ich möchte, dass Sie die Pferde um drei Uhr fertig haben. Miss Ethel, Mr. Lane und Master Bobby werden reiten, und Sie werden den Rest treiben." von uns im Waggonette.

„Sehr gut, Ma'am", sagte Joe.

„Und Peter", fügte sie hinzu und wandte sich an den Bräutigam, „ich möchte, dass du um fünf Uhr mit Trixy und dem Hundekarren das Abendessen herausbringst."

„In Ordnung, Ma'am", sagte Peter und salutierte.

„Seien Sie unbedingt pünktlich", warnte sie. „Kommen Sie pünktlich um fünf in die Küche, um Annie und die Körbe abzuholen."

Peters Gesicht verfinsterte sich plötzlich. Er verzog den Mund zu einer geraden Linie und blickte mürrisch auf das Geschirr hinab. „Bitte um Verzeihung, Ma'am", murmelte er, „ich glaube nicht – das heißt –" Er warf Joe trotzig einen finsteren Blick zu, der anerkennend zurückgrinste. „Wenn es Ihnen genauso geht, Ma'am, würde ich gerne die Waggonette fahren und Joe das Mittagessen holen lassen. Wenn ich Kutscher werden soll, Ma'am, würde ich das gerne übernehmen Gewöhnt mich daran, mich zu dooties, bevor er geht.

Mrs. Carter war ehrlich gesagt verwirrt; Sie konnte sich nicht vorstellen, was heute Morgen plötzlich in ihre Dienerschaft gefahren war. Von einer Dame, die eine erwachsene Tochter hat, die einige Anziehungspunkte und viele Bewunderer hat und die sie beaufsichtigt, kann man nicht erwarten, dass sie über die Liebesbeziehungen ihrer Diener *auf dem Laufenden bleibt*.

„Du hattest einen Monat Zeit, dich an deine Pflichten zu gewöhnen, während Joe im Krankenhaus war; das reicht für den Moment. Joe wird die Waggonette fahren und du wirst mit dem Abendessen nachkommen – ich möchte, dass du Tom beim Anbringen neuer Netze hilfst." heute Nachmittag in den Fliegengittertüren.

Ihr Tonfall schloss jede Auseinandersetzung aus. Sobald sie außer Hörweite war, bemerkte Joe leise: „Wenn sie nur Mary statt Annie gesagt hätte, dann nehme ich an –"

„Ach, lass nach", knurrte Peter und machte sich daran, das Fett mit unnötiger Heftigkeit einzureiben. Sein Missverständnis mit Annie war ein Thema, über das er sich nicht lustig machen ließ, nicht einmal von seinem Chef.

Um fünf Uhr hielt Peter mit einem makellosen Zylinder und glänzenden Stiefeln, der so steif aussah, als wäre er in eine Stahlrüstung gehüllt, vor der Küchentür und stapelte die Körbe und Eimer, die er auf der hinteren Veranda gefunden hatte Platz neben ihm. Er kletterte mit einer Miene der Entschlossenheit erneut zur Loge und raffte die Zügel zusammen, um eine Anspielung auf den Start zu machen.

"Peter!" rief Nora vom Küchenfenster aus. „Wohin gehst du? Warte auf Annie."

„Annie?" Peter sah aus, als hätte er den Namen noch nie zuvor gehört.

„Ja, Annie. Dachtest du, dass du das Abendessen selbst kochen solltest?"

„Ich habe nichts gedacht", sagte Peter. „Mein Befehl war, um fünf Uhr zum Mittagessen anzuhalten, und ich habe es getan. Wenn sie mitkommen will, muss sie auf dem Rücksitz sitzen. Ich werde diese Körbe nicht noch einmal wechseln." ."

Annie erschien rechtzeitig in der Tür, um diese unfreundliche Rede zu hören; Sie kletterte schweigend auf den etwas unbequemen Lakaiensitz, und sie fuhren Rücken an Rücken davon, steif wie zwei Ladestöcke.

Der Karren rollte über die glatten Straßen, vorbei an Country Clubs und Sommerhäusern, und das einzige Anzeichen dafür, dass einer der beiden am Leben war, war ein gelegentlicher heftiger Peitschenschlag von Peter, wenn die geduldige kleine Trixy Anzeichen dafür zeigte, dass sie lieber etwas Ruhe gönnen wollte Tempo. In solchen Momenten streckte Annie instinktiv eine abschreckende Hand aus und formte ihren Mund, als wolle sie sagen: „Bitte, Pete, schlag sie nicht aus, sie gibt ihr Bestes", und als sie sich dann plötzlich an dieses gewaltige Gelübde erinnerte, richtete sie sich wieder auf und mit geröteten Wangen nach vorn starren.

Der Strand war fünf Meilen entfernt, und das Schauspiel, wie zwei Menschen in einem kleinen Hundekarren fünf Meilen schweigend fünf Meilen zurücklegten, hat etwas Lächerliches. Annies Sinn für Humor war ausgeprägt; es kämpfte hart mit ihrem Gefühl des Unrechts. Sie war nie eine Inderin, die Rache hegte; Ihre Wut konnte im Moment heftig sein, aber sie hielt selten an. Und Peter tat leid für das, was er gesagt hatte, erinnerte sie sich; er hatte bereits versucht, sich zu versöhnen. Am Ende der zweiten Meile erschienen zwei Grübchen auf ihren Wangen. Bei der dritten Meile schloss sie fest den Mund, um kein Lachen auszubrechen. Bei der vierten Meile sprach sie.

„Sag mal, Pete, warum redest du nicht mit mir? Bist du verrückt?"

Peter hatte mit tiefer Besorgnis auf Trixys Ohren gestarrt und kehrte überrascht in die Gegenwart zurück, offensichtlich erstaunt, als er feststellte, dass er einen Begleiter im Karren hatte.

„Ma'am?" er sagte.

Annie warf einen Blick auf seinen kompromisslosen Rücken.

„Warum sagst du nicht etwas?" wiederholte sie leiser.

„Ich habe nichts zu sagen."

Annies Grübchen wichen einer wütenden Röte. Nie, nie, nie wieder würde sie, solange sie lebte, etwas zu ihm sagen. Der Rest der Fahrt verlief in turbulenter Stille. Peter blickte mit grimmigem Mund auf die Straße vor ihm, und Annie starrte mit brennenden Wangen auf die Staubwolke hinter sich.

Als der Karren zwischen den vereinzelten Zedernbäumen ankam, die den Strand säumten, fanden sie neben den Carter-Pferden Mr. Harrys Jäger und eine seltsame Schleppe vor, die auf spontane Gäste hindeutete. Kaum hatte Annie Zeit, sich zu fragen, ob die Teller reichen würden und ob es genug Salat geben würde, wurde der Wagen von einer Schar hungriger Picknicker mit freudigem Geschrei begrüßt. Am Rande der Gruppe erhaschte sie einen flüchtigen Blick auf Miss Ethel, elegant und lächelnd, in einem anderen neuen Kleid, mit finster dreinblickendem Mr. Lane auf der einen und Mr. Harry auf der anderen Seite. Normalerweise hätte sie an einer solchen Situation lebhaftes Interesse gezeigt und ein anerkennendes Mitgefühl für Miss Ethel gehabt; Aber sie sah es jetzt mit einem unglücklichen Gefühl, dass die Segnungen dieser Welt in Form von Kleidern und Männern ungleich verteilt sind.

Normalerweise akzeptierte Annie die Streiche der jungen Damen und Herren weitgehend, egal wie viel zusätzlichen Ärger sie verursachten; aber heute, als sie eine plündernde Hand an einem der Körbe erwischte, rief sie scharf:

„Meister Bobby, lassen Sie den Kuchen in Ruhe! Diese Oliven sind zum Abendessen."

Ein allgemeines Gelächter begrüßte diesen Ausbruch, und sie wandte sich ab und begann mit einem bitteren Gefühl der Rebellion, Geschirr auszupacken. Mrs. Carter eilte herbei, und nachdem sie die Plünderer vertrieben hatte, übernahm sie zügig das Kommando.

„Jetzt, Peter, sobald du Trixy angekuppelt hast, komm zurück und hilf beim Abendessen. Annie wird dir sagen, was du tun sollst."

Annie wurde dadurch etwas fröhlicher und verzichtete vorerst auf den Wortlaut ihres Gelübdes. Als Peter widerstrebend wieder auftauchte, befahl sie: „Holen Sie einen Stapel Treibholz und bereiten Sie einen Platz für das Feuer vor. Die sind zu groß", kommentierte sie, als er mit einem Arm voller Stöcke zurückkam. „Nimm ein paar kleine Stücke und sei schnell dabei; du bist zu langsam."

Peter sah rebellisch aus, aber Mrs. Carters Augen waren auf ihn gerichtet und er gehorchte.

„Jetzt nimm die beiden Eimer und geh zum Bauernhaus, um Wasser zu holen", befahl Annie.

Als er mit den beiden schweren Eimern zurückkam, verärgert und bespritzt, fischte sie mit einem Ausdruck der Unzufriedenheit ein oder zwei Käfer heraus und sagte ihm, er solle das Feuer machen. Peter machte das Feuer und hielt auf Annies Vorschlag hin die Kaffeekanne, um sie stabil zu halten. Er verbrannte sich die Hände und fluchte leise, und Annie lachte. Nachdem Mrs. Carter mit den Vorbereitungen begonnen hatte, erinnerte sie sich plötzlich an ihre Pflichten als Gastgeberin, eilte wieder davon und überließ Annie die Aufsicht über den Rest.

„Hier, Peter", sagte Annie, „ich möchte, dass du diese Dosen mit Sardinen öffnest."

Peter schaute der sich zurückziehenden Gestalt von Mrs. Carter nach. Sie war außer Hörweite; Er holte eine Zigarette aus der Tasche und betrachtete sie in aller Ruhe.

„Ich möchte, dass diese Dosen geöffnet werden", wiederholte Annie schärfer.

Peter zündete seine Zigarette an.

„Ich werde es Mrs. Carter sagen, wenn Sie es nicht tun."

Peter warf sich ins Gras, blies einen Rauchring auf und blickte verträumt auf das Meer.

Mrs. Carter zeigte keine Anzeichen einer Rückkehr und Annie sah, dass ihre kurze Herrschaft vorbei war. Sie nahm den Dosenöffner und stieß ihn heftig in die Dose. Es rutschte aus und verursachte eine hässliche Wunde in ihrem Finger. Sie stieß einen kleinen Schmerzensschrei aus und wurde beim Anblick des Blutes blass, und Peter lachte. Sie drehte ihm den Rücken zu, um ihn davon abzuhalten, die Tränen der Wut zu sehen, die sich in ihren

Augen füllten, und zum dritten Mal schwor sie feierlich, nie *wieder* mit ihm zu sprechen.

Die beiden servierten das Abendessen mit der gleichen grimmigen Stille hinter den Kulissen, die sie vor den Gästen an den Tag legten. Als es vorbei war, begann Annie, anstatt mit Joe und Peter zu essen, das Geschirr einzusammeln und es für die Abreise in die Körbe zu packen. Die beiden Männer lachten und scherzten miteinander, ohne ihre Abwesenheit zu bemerken, und Annie sagte sich wütend, dass sie auch nicht mehr mit Joe sprechen würde. Gerade als sie alles gepackt hatte und sich mit dem Gedanken tröstete, dass sie bald wieder zu Hause sein und der elende Tag zu Ende sein würde, erschien Mrs. Carter wieder.

„Dein Kaffee war ausgezeichnet, Annie", sagte sie freundlich, „und du und Peter haben wirklich sehr gut serviert. Und jetzt möchte ich, anstatt nach Hause zu gehen, dich warten lassen und etwas Limonade zubereiten, die später am Abend serviert wird." . Es wird eine wunderschöne Mondnacht, und Sie und Peter können bleiben und sich amüsieren.

„Sehr gut, Ma'am", sagte Annie ausdruckslos.

Bei dieser Nachricht zündete sich Peter eine weitere Zigarette an und schlenderte mit Joe davon, während Annie, die unter einer Anhäufung von Problemen immer apathischer wurde, sich damit beschäftigte, Limonade zuzubereiten und sich dann neben ihre Körbe setzte, um zu warten. Sie konnte durch die hereinbrechende Dämmerung die fröhliche Menge am Strand sehen, die herumstreunte und Treibholz für ein Feuer sammelte. Ab und zu hörte sie über dem Rauschen der Wellen ein fröhliches Gelächter und, näher, das unruhige Stampfen der Pferde. Sie drehte dem Strand halb verdrießlich den Rücken zu und beobachtete Mr. Harrys Fuchs, der nervös seinen Kopf hin und her warf und mit dem Schwanz wedelte, um die Sandfliegen fernzuhalten. Daraufhin fragte sie sich, wie Mr. Harry hierher gekommen war, was Mr. Lane davon hielt und ob es einen Kampf geben würde. Wahrscheinlich würde es keinen geben, dachte sie mit einigem Bedauern, denn Gentlemen kämpften nicht immer, wenn sie es sollten. (Sie hatte von dem Metzgerjungen die Geschichte von Peters Heldentaten gehört, und das Wissen darüber hatte ihr einen kleinen Trost gespendet.) Ihre Gedanken wurden plötzlich durch das Geräusch von Schritten unterbrochen, die durch das Unterholz auf sie zukamen, und sie blickte mit rasendem Herzen auf. Ihr erster Gedanke war, dass es Peter war, der kam, um sich zu versöhnen, und sie machte sich entschlossen bereit, ihm standzuhalten, aber ein zweiter Blick zeigte ihr, dass es Mr. Lane war.

„Wo ist Joe?" er forderte an.

„Ich weiß es nicht, Mr. Lane."

„Wo ist dann Peter?"

„Ich weiß es nicht. Die beiden waren seit dem Abendessen nicht mehr hier."

„Na ja, verdammt! Ich muss jemanden finden." Mr. Lane war offensichtlich aufgeregt. „Sieh mal, Annie", sagte er, „du bist ein gutes Mädchen. Gib Mrs. Carter einfach eine Nachricht von mir, ja? Sag ihr bitte, dass ein Junge mit dem Fahrrad rausgefahren ist und ein Telegramm hat, zu dem ich zurückgerufen werde." Sofort nach New York, und ich musste zum Haus zurückfahren, ohne sie zu finden, um den Zehn-Uhr-Zug zu erreichen. Sag nichts zu Miss Ethel, und hier ist etwas, um ein neues Kleid zu kaufen. "

„Vielen Dank, Sir. Auf Wiedersehen."

Er schnallte hastig das Zaumzeug seines Pferdes um, führte es auf den Weg außer Sichtweite des Strandes, stieg auf und galoppierte davon. Annie sah ihm mit großen Augen nach; seine Haltung war nicht sehr forsch; Sie fragte sich, ob Mr. Harry ihn ausgepeitscht hatte. Das schien unwahrscheinlich, denn Mr. Lane war der Größere von beiden; Aber im Übrigen, dachte sie, war der Mann vom Lebensmittelhändler auch größer als Peter. Sie verstand es nicht, steckte den Schein aber achselzuckend in die Tasche. Sie konnte es sich leisten, über die Probleme anderer Menschen philosophisch zu sprechen.

Es wurde dunkel zwischen den Bäumen und sie begann sich sehr einsam zu fühlen. Ein großer roter Mond ging über dem Wasser auf und am Strand knisterte ein helles Feuer. Der Klang des Gesangs vermischte sich mit dem Rauschen der Brandung. Annie verließ den Schatten der Bäume und schlenderte den Strand hinauf, weg vom Lagerfeuer und den Sängern. Dann ließ sie sich in den Schatten einer Sanddüne fallen, saß da, das Kinn in den Händen gestützt, und betrachtete nachdenklich die schwarzen Silhouetten vor dem Feuer. Nach und nach sah sie zwei Gestalten, die am Strand entlang in ihre Richtung schlenderten. Sie erkannte sie als Miss Ethel und Mr. Harry und hockte sich hinter die Düne, bis sie vorbeikamen. Sie fühlte sich einsamer als je zuvor, als sie zusah, wie sie verschwanden, und das erste, was ihr bewusst wurde, war, dass sie den Kopf in den Armen vergraben hatte und vor sich hin weinte – aber nicht sehr heftig, denn sie war sich der Heimfahrt bewusst, und das tat sie auch nicht Ich möchte ihre Augen rot machen. Um nichts in der Welt hätte sie Peter wissen lassen, dass sie unglücklich war.

Plötzlich drang mitten in ihr Elend das Geräusch von knirschendem Sand und der Geruch von Zigarettenrauch. Dann spürte sie, ohne aufzublicken, dass jemand über ihr stand und dass es sich um Petrus handelte. Sie hielt den Atem an und wartete wie ein kleiner Strauß, den Kopf im Sand vergraben.

Es war Peter, und in seiner Brust tobte ein gewaltiger Kampf, doch die Liebe ist stärker als der Stolz, und am Ende siegte sein irisches Herz.

Er beugte sich vor und berührte leicht ihre Schulter.

„Annie!" er flüsterte.

Sie hielt den Atem an und verbarg ihr Gesicht.

Er ließ sich neben ihr auf die Knie in den Sand fallen. „Annie, Liebling, weine nicht. Sag mir, was los ist." Er zwang ihren Kopf von der Sandbank auf seine Schulter und ihre Tränen liefen seinen Hals hinunter. „Ist es dein Finger, der dir wehtut?"

Bei diesem rein männlichen Vorschlag hob sie ein tränenüberströmtes Gesicht und lächelte schnell.

„Es ist nicht mein Finger, es ist mein Gefühl", hauchte sie ihm ins Ohr. Peter umarmte sie fester. „Aber es tut ihnen nicht mehr weh", fügte sie mit einem kleinen Lachen hinzu.

„Und dieses Mal werden wir Freunde für immer sein?"

Sie nickte.

„Mensch!" er flüsterte. „Ich habe die Woche in der Hölle verbracht und gedacht, dass du dich nicht um mich kümmerst."

„Also uv ich", sagte Annie.

Während sie dasaßen und den kräuselnden Weg des Mondlichts auf dem Wasser beobachteten, konnten sie von weit unten am Strand die Stimmen singen hören: „Es ist die Frühlingszeit des Lebens und die Welt liegt vor uns." Annie lachte glücklich, während sie zuhörte.

„Vor einiger Zeit habe ich mir gewünscht, ich wäre Miss Ethel, weil sie alles hat, was sie will, aber ich wünsche es mir nicht mehr. Sie hat dich nicht, Petey."

„Und ich glaube, sie will mich nicht", sagte Peter und blickte auf den Strand über ihnen, wo Miss Ethel und Mr. Harry Hand in Hand auf sie zukamen. Die beiden blieben plötzlich stehen, als sie Annie und Peter erblickten, und ließen einander hastig die Hände fallen. Dann rannte Miss Ethel mit einem bewussten kleinen Lachen nach vorne.

„Annie, du sollst die Erste sein, die mir gratuliert – aber es ist ein Geheimnis; du darfst es niemandem erzählen."

Annie blickte mit leuchtenden Augen zurück. „Ich bin auch verlobt", flüsterte sie.

"Du Liebling!" sagte Miss Ethel, und sie legte ihren Arm um sie und küsste sie.

Peter und Mr. Harry standen einen Moment lang da und blickten einander verlegen an, dann streckten sie die Hand über die Kluft aus, die sie trennte, und schüttelten sich die Hände.

X

EIN PARABEL FÜR EHEMANNE

Das Stutfohlen von Blue Gipsy hatte zwei Paar Pfeile zerbrochen, ein Loch durch ein Armaturenbrett getreten und sich bemüht, eine Zaunkutsche und so weiter zu nehmen, in dem festen Entschluss, nicht zum Zugpferd zu werden. Es war offensichtlich, dass sie ihren Beruf gewählt hatte und dabei bleiben wollte.

„Zerschmettern Sie sie, wenn Sie sie halb töten müssen", hatte Mr. Harry gesagt, aber es gab einige Dinge, die Mr. Harry nicht so gut verstand wie Peter.

„Welchen Sinn hat es, ein gutes Springpferd zu verderben, um daraus ein schlechtes Fahrpferd zu machen?" Peter hatte den Trainer gefragt und dieser hatte hinzugefügt, dass der Meister durch seinen Hut sprach.

Peter hatte Mr. Harry die Angelegenheit bereits erklärt, aber Mr. Harry war dem Stutfohlen sehr ähnlich; Als er sich entschieden hatte, wollte er sich nicht ändern. Peter beschloss jedoch, die Sache noch einmal zu besprechen, bevor er einen weiteren Bräutigam riskierte. Der erste Pferdepfleger hatte sich die Schulter ausgerenkt und weigerte sich, weiteren Verkehr mit dem Stutfohlen von Blue Gypsy zu haben.

Der arme Peter spürte, wie er unter der Last seiner Verantwortung alterte. Drei Jahre zuvor war er ein sorgloser Pferdeknecht in Willowbrook gewesen; Jetzt, da Miss Ethel Mr. Harry geheiratet hatte, war er Kutscher in Jasper Place und hatte sieben Pferde und drei Männer unter sich. Gelegentlich blickte er ziemlich wehmütig über die Wiese, wo die Willowbrook-Ställe durch die graugrünen Bäume rot verschwommen waren. Er hatte dort elf Jahre lang als Stallknecht und Pferdeknecht gedient, und obwohl er unter Joes kraftvoller Herrschaft mehr als einmal das Ende eines Riemens erlebt hatte, war es ein glückliches, verantwortungsloses Leben gewesen. Nicht, dass er sich die alte Zeit zurück wünschte, denn das würde bedeuten, dass Annie nachts nicht mehr in der Kutscherhütte zum Abendessen auf ihn warten würde, aber manchmal wünschte er sich, dass Mr. Harry etwas mehr gesunden Menschenverstand im Umgang mit Pferden hätte. Das Stutfohlen von Blue Gypsy trottet friedlich zwischen den Schäften hindurch! Es lag ihr im Blut, zu springen, und sie würde springen; Sie könnten genauso gut einem Bullenwelpen beibringen, einen japanischen Pudel großzuziehen und auf einem Satinkissen zu schlafen.

Peter grübelte darüber nach, schlenderte in die Küche und erkundigte sich bei Ellen, wo Mr. Harry sei. Mr. Harry sei in der Bibliothek, sagte sie, und Peter könne direkt durchgehen.

Der Teppich war weich und er machte keinen Lärm. Er wollte nicht zuhören, aber er hatte schon fast die Tür der Bibliothek erreicht, als er es merkte, und dann blieb er stehen, teils weil er benommen war, teils weil er interessiert war.

Er wusste nicht, was vorher geschehen war, aber das erste, was er hörte, war Miss Ethels Stimme, und obwohl er sie nicht sehen konnte, erkannte er an der Stimme, wie sie aussah, mit zurückgeworfenem Kopf, erhobenem Kinn und Augen blinkt.

„Ich kann meine eigenen Handlungen am besten beurteilen", sagte sie, „und ich werde empfangen, wen ich will. Du interpretierst immer alles, was ich tue, falsch, und ich habe es satt, dass du dich einmischst. Wenn du weggehen und gehen würdest." „Ich allein, es wäre das Beste für uns beide – ich habe manchmal das Gefühl, ich wollte dich nie wieder sehen."

Dann ein langes Schweigen und schließlich die kalten, unterdrückten Töne ihres Mannes, der fragte: „Meinst du das?"

Sie antwortete nicht, außer mit einem langen, unterdrückten Schluchzen der Wut. Peter hatte dieses Geräusch schon einmal gehört, als sie ein Kind war, und er wusste, wie man damit umgehen sollte; aber Mr. Harry tat es nicht; er war viel zu höflich.

Nach einem weiteren Schweigen sagte er leise: „Wenn ich gehe, werde ich bleiben – für lange Zeit."

„Bleib für immer, wenn du willst."

Peter drehte sich um und schlich auf Zehenspitzen hinaus. Er fühlte sich unglücklich und beschämt, so wie er es auch damals empfunden hatte, als er es belauscht hatte. Er ging zurück in die Ställe, setzte sich hin, die Ellenbogen auf die Knie gestützt und den Kopf in die Hände gestützt, und dachte über die Situation nach. Wenn er nur zehn Minuten lang Mr. Harry wäre, sagte er sich grimmig, würde er die Dinge bald regeln; aber Mr. Harry verstand es nicht. Im Umgang mit Pferden war er zu grob, als hätten sie keinen Verstand; und wenn es um den Umgang mit Frauen ging, war er zu einfach, als wären sie alle vernünftig. Peter seufzte kläglich. Sein Herz schmerzte um sie beide: um Miss Ethel, weil er wusste, dass sie es nicht so meinte, was sie sagte, und dass es ihr später leidtun würde; für Mr. Harry, weil er wusste, dass er wirklich meinte, was er sagte – furchtbar und ernst. Keiner verstand den anderen, und es war alles so durcheinander, dass ein wenig gesunder Menschenverstand alles glücklich gemacht hätte. Dann zuckte er mit den Schultern und sagte sich, dass es ihn nichts anging; dass er vermutete, dass sie ihre Streitigkeiten ohne seine Hilfe beilegen könnten. Und er fing an, den Stallburschen zu beschimpfen, weil er das Geschirr verwechselt hatte.

Etwa eine halbe Stunde später kam Oscar, der Kammerdiener, zufrieden und aufgeregt zu den Ställen gerannt und hatte den Auftrag, den Flitzer sofort für die Fahrt zum Bahnhof vorzubereiten. Oscar war offenbar voller Neuigkeiten, aber Peter tat so, als wäre er nicht interessiert, und setzte seine Arbeit fort, ohne aufzublicken.

„Der Kapitän fährt nach New York, und ich komme ihm heute Abend mit seinen Sachen nach, und morgen segeln wir nach England! Vielleicht machen wir von dort aus eine Jagdreise nach Indien – ich soll die Waffen packen. Das gibt es." Ärger gegeben", fügte er bedeutsam hinzu. „Mrs. Jasper ist in ihrem Zimmer, die Tür ist zugeschlagen, und der Meister ist ziemlich still und weiß, was die Kiemen angeht."

„Halt den Mund und kümmere dich um deine eigenen Angelegenheiten", blaffte Peter, führte die Pferde hinaus und begann mit zitternden Händen, das Geschirr anzulegen.

Als er am Trittstein anhielt, sprang Mr. Harry ein. „Nun, Peter", sagte er mit einer Stimme, die fröhlich klingen sollte, aber eine sehr schlechte Nachahmung war, „wir müssen schnell fahren, wenn wir …" Ich muss den Zug um 16.30 Uhr schaffen.

„Ja, Sir", sagte Peter und lenkte energisch die Pferde, und ausnahmsweise dankte er seinen Sternen, dass die Station vier Meilen entfernt war. In seinem Kopf war ein großer Entschluss gewachsen, und es erforderte einige Zeit und viel Mut, ihn in die Tat umzusetzen. Er warf einen Seitenblick auf das grimmige, blasse Gesicht neben sich und räusperte sich unruhig.

„Ich bitte um Verzeihung", begann er, „ich war an der Tür der Bibliothek, um nach dem Stutfohlen zu fragen, und ohne es zu wollen, habe ich gehört, warum du weggegangen bist."

Eine schnelle Röte breitete sich auf Mr. Harrys Gesicht aus und er warf seinem Kutscher einen wütenden Blick zu.

"Der Teufel!" er murmelte.

„Ja, Sir", sagte Peter. „Ich nehme an, Sie werden mich entlassen, Mr. Harry, weil ich gesprochen habe, aber ich habe das Gefühl, ich bin dumm, und ich kann nicht schweigen. Verzeihung, Sir, ich kenne Miss Ethel länger als Sie Ich habe die ganze Zeit in Willowbrook gedient, als du im Internat und am College warst, und sie hat einen Ponywagen gefahren, als ich sie aufwachsen sah Kennen Sie ihre Art – es gab Zeiten, Sir, in denen sie äußerst lästig war. Sie ist die Art von Frau, die es braucht, um zurechtzukommen, und wenn Sie mir das sagen wollen, dazu braucht es einen Mann. Sie sind zu ruhig und

Gentleman-artig, obwohl ich vermute, dass sie es mag, wenn Sie sich wie ein Gentleman benehmen, wenn Sie nicht beides tun können, würde sie es lieber tun, wenn Sie sich wie ein Mann benehmen würden. —"

„Du vergisst dich selbst, Peter!"

„Ja, Sir. Bitte um Verzeihung, Sir, aber wie gesagt, wenn ich ihr Ehemann wäre, würde ich ihr schnell zeigen, wer der Herr ist, und sie würde mich umso mehr mögen. Und wenn sie es jemals tun würde Sie sagte mir, dass sie sich freuen würde, wenn ich wegkäme und nie wieder zurückkäme. Ich würde sie schwarz anschauen, als ob ich die Arme verschränkt hätte, und ich würde sagen: „Das würdest du, würdest du bleiben?" Genau hier und niemals weggehen. Und dann war sie so wütend, dass sie ihren Kopf auf die Stuhllehne legte und so tief weinte, wie sie es immer tat, wenn sie nicht bekommen konnte, was sie wollte, und ich tat es Warte mit einem Stirnrunzeln auf meiner Stirn, und wenn sie fertig ist, ist sie voll dabei und bittet mich traurig um Verzeihung, und ich wartet eine Weile und lasse es einwirken, und dann ich würde ihr verzeihen.

Mr. Harry starrte Peter an, zu erstaunt, um etwas zu sagen.

„Ja, Sir", fuhr Peter fort, „ich habe Miss Ethel aufwachsen sehen, und ich kenne sie wie ihre eigene Mutter, wie man sagen könnte. Ich habe sie dreizehn Jahre lang in die Stadt und wieder zurück gefahren, und ich" Wir ritten ihr viele Meilen zu Pferd nach, und wenn sie Lust dazu hatte, redete sie so gesprächig mit mir, als wäre ich kein Pferdeknecht. Sie war immer so interessiert an unseren Sorgen „Wir mochten sie alle, auch wenn sie etwas überheblich war."

Mr. Harry zog die Brauen zusammen und starrte wortlos vor sich hin, und Peter warf ihm einen unruhigen Blick zu und zögerte.

„Es gibt noch etwas, was ich Ihnen gerne sagen würde, Sir, obwohl ich nicht sicher bin, wie Sie es aufnehmen werden."

„Zögern Sie meinetwegen nicht", murmelte Mr. Harry ironisch. „Sag alles, was du willst, Peter."

„Nun, Sir, ich schätze, Sie haben es vielleicht vergessen, aber ich war der Bräutigam, den Sie damals vor Ihrer Hochzeit mitgenommen haben, als Sie und Miss Ethel das alte Wrack besichtigten."

Mr. Harry blickte Peter mit einem schnellen, hochmütigen Blick an, doch Peter untersuchte das Ende seiner Peitsche und sah es nicht.

„Und Sie haben mich und den Karren unter der Böschung zurückgelassen, Sir, wenn Sie sich erinnern, und Sie sind nicht weit genug weggegangen, und Sie haben ziemlich laut gesprochen, und ich konnte Sie nicht übersehen."

„Verdammt sei diese Unverschämtheit!", sagte Mr. Harry.

„Ja, Sir", sagte Peter. „Ich habe es niemandem erzählt, nicht einmal meiner Frau, aber danach verstand ich, wie die Dinge liefen. Und als du so plötzlich aufbrachst, hatte ich den Verdacht, dass du dich über die Reise nicht sehr wohl gefühlt hast; Und ich habe Miss Ethel beobachtet, und ich war mir sicher, dass sie sich nicht fröhlich fühlte, obwohl sie sich große Mühe gab, die Leute glauben zu machen, dass sie es war, Sir, sie lachte und flirtete auf die unverschämteste Art und Weise mit ihnen, als sie jung waren Früher waren in Willowbrook Männer zu Besuch, aber ich wusste, Sir, dass sie sich um keinen von ihnen auch nur ein Fingerschnippen scherte, denn zwischendurch machte sie lange Ausritte am Strand, gefolgt von mir ' aus einiger Entfernung - aus sehr respektvoller Entfernung; sie nahm meine Probleme nicht wahr, sie hatte zu viele eigene am Strand, sie ließ mir die Pferde und ging weg Sie saß allein auf einer Sanddüne, stützte ihr Kinn in die Hand und starrte auf das Wasser, bis die Pferde so verrückt nach Sandfliegen waren, dass ich sie kaum halten konnte Ich würde den Kopf senken und so leise weinen, als ob ich einem Mann das Herz brechen könnte, und ich würde die Pferde wegführen, wobei meine Hände nur juckten – ich bitte um Verzeihung, Sir, dass ich Sie erwischt habe, denn das wusste ich Ihr wart die Ursache."

„Sie wissen viel zu viel", sagte Mr. Harry trocken.

„Ein Stallbursche lernt eine Menge, ohne es zu wollen, und sein Herr kann von Glück reden, wenn er weiß, wie man den Mund hält. Wie ich schon sagte, Mr. Harry, ich wusste die ganze Zeit, dass sie sich nach Ihnen sehnte, aber sie war zu stolz, um es Sie wissen zu lassen. Wenn Sie die Unverschämtheit zulassen, Sir, haben Sie einen Fehler gemacht, indem Sie ihr Wort geglaubt haben. Sie liebte Sie zu sehr, um Ihnen nicht alles verzeihen zu wollen; und wenn Sie sie nur verstanden und richtig behandelt hätten, hätte sie Sie nicht sitzenlassen."

"Wie meinst du das?"

„Ich meine, wenn Sie mich entschuldigen, wenn ich allegorisch spreche, denn sie ist die Art von Frau, die ein scharfes Gebiss und eine ruhige Hand am Zaumzeug braucht, und wenn sie auch nur einen Hauch von der Peitsche abfeuert – nicht zu viel , denn sie würde es nicht ertragen, aber genug, um ihr zu zeigen, wer der Herr ist. Ich habe einige Frauen und viele Pferde gekannt, und ich habe festgestellt, dass die Blutigen bei beiden gleich sind Entschuldigen Sie, dass ich das erwähne, Miss Ethel war völlig pleite, Sir. Sie bekam die Zügel in die Hand, als sie die Peitsche brauchte, aber trotzdem ist sie ein Vollblut, Sir, und das ist die Hauptsache.

Peter verlangsamte unmerklich das Tempo seiner Pferde.

„Wenn es Ihnen nichts ausmacht, Mr. Harry, möchte ich Ihnen eine kleine Geschichte erzählen. Es geschah vor sechs oder sieben Jahren, als Sie auf dem College waren, und wenn Miss Ethel jetzt etwas unvernünftig ist, dann war sie mehr Damals war es unvernünftig, als der alte Meister Blue Gypsy kaufte – wie ein Teufel, wenn es überhaupt einen gab. Eines Nachmittags kam Miss Ethel in den Sinn, dass sie die neue Stute ausprobieren wollte, also befahl sie ihr, mit mir rauszugehen Was bleibt ihr anderes übrig, als direkt zum Strand zu galoppieren, dicht an der Wasserlinie? Es war ein furchtbar windiger Tag Ende Oktober, die Wolken hingen tief Sie war hoch im Kurs, und alles war irgendwie leer und einsam. Blue Gypsy war das Wasser nicht gewohnt, und sie hatte solche Angst, dass sie verrückt war und sich hin und her stürzte, bis man schwörte, sie hätte eins Dutzende Beine – kein besonders gutes Pferd für eine Dame, aber Miss Ethel konnte gut reiten. Sie hielt den Kopf von Blue Gypsy in den Wind und galoppierte vier oder fünf Meilen den Strand hinauf, während ich hinter ihr herlief und mich daran festhielt Mein Hut für das liebe Leben.

„Es war Ebbe, aber Zeit für die Flut, und ich begann zu denken, dass wir besser umkehren sollten, es sei denn, wir wollten hoch oben durch den losen Kies pflügen, was für ein Pferd sehr hart ist, Sir. Aber wann Als wir zum Neck kamen, ritt Miss Ethel geradeaus weiter; das Aussehen gefiel mir nicht besonders, aber ich habe nichts gesagt, weil der Neck nie unter Wasser war und keine Gefahr bestand Tun Sie das, wenn wir am Ende des Neck angelangt sind, aber wenden Sie sich ab, um über die Bucht zum Festland zu fahren, was bei Ebbe problemlos möglich ist, bei Flut jedoch nie Der Wind wehte vom Meer her, die Flut stieg schnell an, Sir, wenn sie ausgegangen wäre und von diesem unbekannten Teufel von einer blauen Zigeunerin geritten worden wäre ', es war nicht abzusehen, wann es passieren würde.

„,Miss Ethel', rufe ich, irgendwie befehlend, denn ich war zu aufgeregt für Höflichkeit, ‚Sie können nicht hinübergehen.'

„Sie dreht sich um, starrt mich hochmütig an und fährt fort.

„Ich galoppiere hinauf und sage: ‚Die Flut steigt, Miss Ethel, und die Bucht ist nicht sicher.'

„Sie sieht mich gelassen an und sagt: ‚Es ist völlig ungefährlich. Ich werde hinüberreiten. Wenn du Angst hast, Peter, kannst du nach Hause gehen.'

„Damit reißt sie sich auf und rennt los. Ich war in einer Minute hinter ihr her, galoppierte neben ihr her, und bevor sie wusste, was ich tat, streckte ich meine Hand aus, ergriff das Zaumzeug und verdreht Blue Gypsy den Kopf. Ich habe es nicht gern gemacht, denn es kam mir furchtbar vertraut vor, aber bei Menschen, die so gegensätzlich sind, wie sie sind, muss man manchmal vertraut sein, wenn man etwas Gutes bewirken will in der Welt.

„Nun, Mr. Harry, wie Sie glauben können, hat es ihr nicht gefallen, und sie ruft scharf und gebieterisch, ich solle loslassen. Aber ich halte mich fest und beginnt zu galoppieren, und damit hebt sie sie hoch Sie schnitt mir so heftig in die Hand, wie sie konnte, aber ich hielt sie fest und sagte nichts, aber in diesem Moment brach fast eine Welle Zu Füßen der Pferde bäumte sich ein Blauer Zigeuner auf, und Miss Ethel, die nicht damit gerechnet hatte, verlor fast das Gleichgewicht, und die Gerte fiel in den Sand.

„„Peter‘, sagt sie, ‚geh zurück und hol mir die Ernte.‘

„Aber zu diesem Zeitpunkt hatte ich das Gebiss zwischen den Zähnen, Sir, und ich lache nur – hässlich – und halte die Zügel fest und galoppiere weiter. Nun, Sir, dann war sie völlig verrückt und versuchte, meinen Arm mit der Faust abzuschütteln, aber sie hätte genauso gut versuchen können, einen Baum umzustoßen. Ich sehe sie an und lächle unverschämt vor mich hin und macht weiter. Und sie sieht sich verzweifelt um, in der Hoffnung, jemanden in Reichweite zu sehen, aber der Strand war leer und sie konnte nichts tun, da ich so viel stärker war.“

„Du Vieh!“, sagte Mr. Harry.

„Ich habe ihr das Leben gerettet“, sagte Peter. „Und als sie sah, dass sie nichts tun konnte, schluchzte sie leise vor sich hin und sagte mit sanfter Stimme: , *Ich werde dich entlassen, Peter, wenn wir nach Hause kommen.* ‘“

„Ich berühre meinen Hut und sage so höflich, wie Sie wollen: ‚Sehr gut, Fräulein, aber wir sind noch nicht zu Hause, Fräulein, und ich bin im Moment der Boss.‘

„Damit schwappt eine große Welle gegen die Pferdebeine, und zum Glück hatte ich einen Griff am Zaumzeug, denn Blue Gypsy würde sie sicher wegwerfen. Und nachdem ich sie wieder angezogen hatte.“ Ihre vier Beine – Blue Gypsy, Sir – und wir gingen wieder weiter, Miss Ethel wirft einen Blick über die Schulter auf die Bucht, die ganz unter Wasser war, und dann schaut sie auf meine Hand hinunter, die eine große, große rote Farbe hatte und sie sagte so leise, dass ich sie über die Wellen hinweg kaum hören konnte:

„Du kannst deine Hand wegnehmen, Peter. Ich reite direkt nach Hause.‘

„Ich wusste, dass sie es ernst meinte, aber meine Hand brannte wie Feuer, und ich hatte meine Laune gereizt, also sehe ich sie zweifelnd an, als könnte ich ihr nicht glauben, und sie wird rot und sagt: „Kannst du mir nicht vertrauen, Peter?“ Und damit rühre ich mich und falle zurück.

„Und als wir zurückkamen, Sir, und ich am Portier-Ker-Cher ausstieg, um ihr beim Absteigen zu helfen, was tat sie, als meine große rote Hand in ihre beiden zu nehmen, und sie schaute auf die Narbe, Und dann schaut sie mir in die Augen und sagt: „Peter", sagt sie, „es tut mir leid, dass ich Sie geschlagen habe." Sie sagt.

„Und dann berührte ich mich und sagte: ‚Auf jeden Fall, Fräulein. Erwähnen Sie es nicht, Fräulein', und danach waren wir Freunde."

„Und das ist der Grund, Mr. Harry, ich hasse es, Sie gehen zu sehen und – bitte um Verzeihung – sich lächerlich zu machen. Denn sie liebt Sie aufrichtig, Sir, so wie Annie mich und mich liebt Wissen Sie, Sir, wenn sie es vor Ihrer Hochzeit hart ertragen hätte, würde es sie jetzt fast umbringen, was sie sagt, wenn sie wütend ist, denn sie denkt nur an die schlimmsten Dinge, die sie tun kann, um Ihre Gefühle zu verletzen, aber Herr! Sie meint es nicht mehr als ein Kaninchen, und wenn Sie ihr eine halbe Chance geben und sich nicht wie ein Eisberg benehmen, wird sie sich mit mir und Annie versöhnen wollen .Harry, in manchen Dingen bin ich der Boss, in anderen lasse ich sie denken, dass ich sie managen kann – und das kann ich, Sir . Manchmal haben wir kleine Streitereien, aber das geschieht hauptsächlich aus Freude am Versöhnen, und wir sind so glücklich, Sir, dass wir alle anderen glücklich sehen wollen.

Die Pferde waren langsamer geworden, aber Mr. Harry bemerkte es nicht. Ein Lächeln begann, mit den harten Linien um seinen Mund zu kämpfen.

„Nun, Peter", sagte er, „du hast eine ziemliche Predigt gehalten. Was würdest du raten?"

„Dass Sie zurückgehen und das Zaumzeug fest festhalten, Sir, und wenn sie die Peitsche benutzt, halten Sie sich einfach fest und lassen Sie sich nicht anmerken, dass es wehtut."

Mr. Harry sah Peter an und das Lächeln breitete sich auf seinen Augen aus. „Und wenn sie es dann fallen lässt", fragte er, „lachen Sie einfach und fahren Sie weiter?"

Peter hustete abfällig.

„Ich bitte um Verzeihung, Mr. Harry, ich denke, wenn ich an Ihrer Stelle wäre, würde ich es aufheben und selbst behalten. Es könnte sich in Notfällen als nützlich erweisen."

Mr. Harry warf seinen Kopf in ein schnelles, jungenhaftes Lachen zurück, streckte die Hand aus, ergriff die Leinen und drehte die Köpfe der Pferde.

„Peter“, sagte er, „du magst vielleicht elementar sein, aber ich vermute halb,
dass du recht hast.“

⁂

www.ingramcontent.com/pod-product-compliance
Lightning Source LLC
LaVergne TN
LVHW041702190726
843493LV00007B/1916
9789359943251